美味しそうな海鮮メニューに
大興奮！
最強の鑑定士って誰のこと？
Who is the strongest appraiser?
～満腹ごはんで異世界生活～
10
MENU
香水屋《七色の雫》の店長
レオポルド
（レオーネ）

海鮮料理で一休み!!
《真紅の山猫》の見習い
ウルグス
《真紅の山猫》の見習い
マグ
《真紅の山猫》の訓練生
レレイ

海水浴を楽しんだ後は
《真紅の山猫》の訓練生
イレイシア
《真紅の山猫》の訓練生
ヘルミーネ
異世界転移した男子高校生
釘宮悠利

「アリーさん、アレって……！」
「何でこんなとこにいやがる……！
ありゃあ、もっと沖合に出没する
魔物だろうが……！」
《真紅の山猫》リーダー
アリー

最強の鑑定士って誰のこと？

Who is the strongest appraiser?

～満腹ごはんで異世界生活～

10

港瀬つかさ　ill.シソ

口絵・本文イラスト
シソ

装丁
木村デザイン・ラボ

お品書き

プロローグ　蒸し肉のサラダに梅ドレッシング……005
第一章　港町に買い出しに出掛けました……023
閑話一　魚介たっぷり海の幸の天ぷら……092
第二章　今日もお家ご飯が美味しいです……109
閑話二　起床時には性格が表れます？……162
第三章　皆と一緒に海水浴です……172
エピローグ　港町を満喫しました……247
特別編　悠利の夏休み……261
あとがき……282

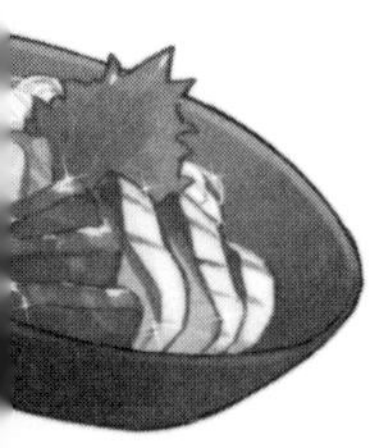

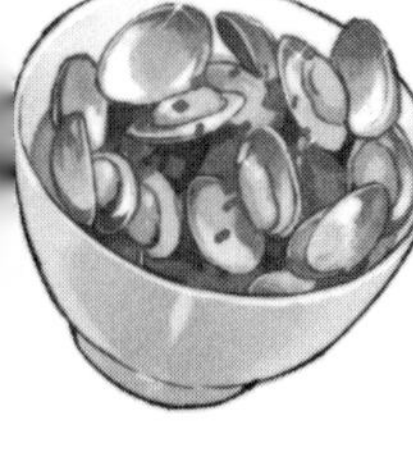

Who is the strongest appraiser?

プロローグ　蒸し肉のサラダに梅ドレッシング

釘宮悠利《くぎみやゆうり》は、料理を中心とした家事が得意な男子高校生だ。いや、だった。

下校途中に何故《なぜ》か異世界に転移してしまった悠利は、ダンジョンで迷子になっていたところを初心者冒険者育成クラン《真紅の山猫《スカーレット・リンクス》》のリーダー、アリーに拾われた。その後、この世界における鑑定系で最強の技能《スキル》である【神の瞳《ひとみ》】を所持していることが知られ、悠利の身を案じたアリーの提案で《真紅の山猫》に家事担当として身を寄せることになった。

チートな技能を間違った方向に使いつつ、日々美味《おい》しいご飯と平和な日常を愛し、仲間達とのどかに過ごすことを幸せと感じながら、悠利の日常は異世界で続いているのです。

さて、その日も、王都ドラヘルンは随分と暑かった。まぁ、夏なのだから仕方ない。湿度はそれほど高くないのでまだマシだが、それでもやはり気温が上がれば暑さにへばる面々が出てくるのも当然だった。

なお、悠利も暑さに少しばかり音を上げそうになっている。日々の家事を行う動きもややのんびりとしている。

とはいえこれは、無理をして倒れてはいけないという判断である。家事をするのは彼の仕事であるし、ちゃんとやろうとは思っている。けれど、自分の体力と相談することを忘れてはいけないのだ。……そう、気を抜くと廊下で行き倒れている、どこかの学者先生のようになってはいけないのだから。

「こう気温が高いと、暑さで食欲が減っちゃうんだよねぇ……」

「解《わか》る……」

「……アロール、いたの……?」

昼食のメニューを考えるために食堂スペースでのんびりしていた悠利は、突然聞こえた声に驚いたように振り返る。そこには、相棒の白蛇ナージャを首に巻き付けたアロールが立っていた。いつもより少しばかり元気がない。

それでも、別に体調を崩しているわけではないらしく、悠利の問いかけにはしっかりと答えてくれる。

「暑いから何か飲もうと思って」

「氷入れ過ぎちゃ駄目だよ。いきなり冷たいものを飲むと身体《からだ》がびっくりするから」

「はいはい。君は僕のお母さんか」

「お母さんじゃないですー」

軽口の応酬も慣れたものだ。アロールはちょっぴり口が悪いというか、ズバズバ言い切るところのある僕っ娘《こ》だが、悠利はそんな彼女の反応にも慣れているので、のほほんと対応しているのである。また、悠利がお母さん扱いでからかわれるのはよくあることなので、そういう意味でも慣れていると言えた。

グラスに冷蔵庫の中の冷えた紅茶を入れて戻ってきたアロール。飲んでから部屋に戻るつもりなのか、悠利の向かいに腰を下ろしグラスに口を付ける。

「アレ？　オレンジジュース入ってたのに、紅茶にしたの？」

「……何か問題でもある？」

「いや、ないよ。ただ、アロールが飲むかなーと思って冷やしておいたから」

不思議そうに問いかけた悠利に、アロールはちょっと面倒そうに返事をした。それに対して、悠利はいつも通りのほわほわとした笑顔で答えるのだった。

悠利が何故こんなことを言ったかというと、オレンジはアロールが好きなものだからだ。果物をそのまま食べるのも好きだが、ジュースも好きなのである。普段、自分の好き嫌いを解りやすく伝えてくることのない僕っ娘だが、オレンジが好きなことは悠利が把握済みなのだ。

アロールは子供扱いを嫌がるお年頃《としごろ》である。それでも、自分のために悠利がジュースを冷やしてくれていたという事実を知って、邪険にするほどひねくれてもいない。なので彼女は、しばらく沈黙した後に小さな声で答えた。

「…………おやつの時間に飲む」

ぼそりと呟《つぶや》いた後は、視線をテーブルに落としたまま紅茶を飲んでいる。照れ隠しなのだろうそんな仕草に、悠利は何も言わない。ただ、にこにことといつも通りに笑っているだけだ。

「ところで、アロール、食欲はどんな感じ？」

「………んー、パンとサラダぐらいなら食べられる感じ」

「あんまりお腹《なか》減ってない、と」

「こう暑いと、食べる気が失《う》せるんだよ」

「それは解るよ。僕もだもん。でも、食べないわけにもいかないからねぇ」

「……解ってるよ」

悠利の言葉に、アロールは嘆息した。十歳児のアロールは、元々そんなにたくさん食べないのだ。それは悠利も同じくで、食が細い面々というのは連日の暑さに敗北して食欲が落ちがちである。だがしかし、そこで食べないままだと体力が落ちていくので悪循環に陥ってしまう。多少しんどくても必要量は食べなければいけないのだ。

アロールと雑談をしながら、悠利は脳裏に今日の昼食メンバーを思い描く。それによって献立が変わってくるので、割とこの確認作業は大事である。

例えば、大食漢に分類されるレレイやブルックがいる場合は、大皿料理には余裕を持たせるべきだし、肉は必須《ひっす》だ。見習い組が全員揃《そろ》っている場合などは、争奪戦が繰り広げられるだろう。逆に、食の細いジェイクやイレイシアがいる場合は、彼らの胃袋に合わせた料理や分量を考えることも大切である。料理当番の仕事は地味に頭を使うのだ。

ちなみに、本日の昼食メンバーは、悠利とアロールの他《ほか》に、料理当番のカミールに、留守番担当のジェイク、イレイシアにヘルミーネという、食の細い面々だった。多分、一番食べるのがカミールだろう。けれどカミールは、育ち盛りの少年の割には野菜が好きだし、他の男子達に比べるとそこまでバカみたいに食べない。

なので、献立は食欲が減っているだろう小食組に合わせる方向に決定だ。その方が、悠利も作っていて胃もたれを起こすことがないだろう。カミールは薄味やさっぱり系の食事でも気にしないタイプなので。

「蒸したお肉とかなら食べられる？」

「種類による」

「あっさりさっぱりバイパーの肉で」

「それなら大丈夫」

「じゃあ、それでいこうっと」

アロールの答えを聞いて、悠利は満足そうに笑った。バイパーの肉は鶏《とり》のムネ肉のような感じなので、さっぱりしているのだ。食が細い面々でも食べやすいお肉として重宝している。逆に、肉食メンツにはちょっと物足りないと言われてしまうのだが、今日はいないので問題ない。

「それじゃ、僕は部屋に戻るから」

「うん。お昼ご飯楽しみにしてて〜」

「……いつも楽しみにしてるよ」

「え？」

笑顔で見送る悠利の耳に、ぼそりと呟かれた一言が届く。一瞬ぽかんとしていた悠利が確認しようとしたときには、既にアロールの姿はなかった。……どうやら、照れ隠しもあって小声で伝えた上で、さっさと立ち去ったらしい。アロールらしいなぁと思う悠利だった。

休憩もしたことだし、昼食の準備に取りかかるかと悠利が立ち上がると、ひょこっと顔を覗《のぞ》かせるカミールの姿が見えた。料理当番なので、タイミングを計ってやってきたらしい。カミールはこういう風に時間の使い方が上手なところがある。流石《さすが》、商人の息子というところだろうか。

「アロールが顔険しいのに耳赤くして去ってったけど、お前何かやらかした？」

「何で僕がやらかしたって決めつけるのさー」

「いやー、何となく？　……その反応ってことは、あれはただ照れてただけか。相変わらず素直じゃねーなー」

「そういうのも含めてアロールでしょ。からかってないよね？」

カミールの言い分にちょっとふてくされて答える悠利。何でもかんでも自分が原因だと言われるのは納得がいかないのだ。まぁ、普段のやらかし案件は圧倒的に悠利が多いのだけれど。その辺の自覚はあまりない。

アロールの状況を把握したカミールの一言に、悠利は心配そうに問いかける。カミールには周囲をからかう癖みたいなところがある。勿論《もちろん》、本当に相手が嫌がることはしないと悠利も解っているのだけれど。それでも思わず確認したのは、アロールをからかう頻度が多いからだ。なお、次点はウルグスである。

「やらない、やらない。事情も知らないのにちょっかいかけたら、ナージャに噛《か》みつかれる」

「あはははは」

「笑いごとじゃねーぞー」

大真面目《おおまじめ》に答えたカミールに、悠利は思わず笑った。悠利にとっては恰好良《かっこよ》くて優しい存在なナージャであるが、彼女は愛し子《いとご》であるアロール至上主義である。アロールに危害を加える相手は、全《すべ》て滅殺ぐらいの勢いだ。小さな白蛇の姿をしているだけで本性は巨大蛇だと解っているので、カミールも迂闊《うかつ》なことはしないのだ。

ただし、コミュニケーションレベルでのからかいは許されている。それは、人付き合いが少し苦手なアロールにとっての勉強だとでも思っているのだろう。そして、カミールはその辺の見極めがちゃんと出来ているのであった。空気が読めるのは良いことです。

「ところで、昼のメニュー何にするんだ?」

「うん、食欲ない人が多そうだから、さっぱりと蒸し肉のサラダにしようかなって」

「へー、美味《うま》そう」

「カミール、割と野菜料理好きだよね」

「おう」

にかっと笑うカミールに、悠利もにこにこと笑った。育ち盛りの少年の割に、肉だけに傾倒しないカミールはちょっと珍しかったりする。他の見習い組は、何だかんだでお肉大好きなのだ。特にウルグスは大きな身体を維持するためにも物凄《ものすご》く良く食べる。

「他は?」

「パンとスープでどうかな。あと、デザートに果物」

「まぁ、メンバー考えたらそういう奴《やつ》の方が良さそうだよな」

「分量はお代わりで調整してもらう感じで」

「おー」

メニューが決まれば、彼らがすることはただ一つである。人数分のご飯を作れば良いだけだ。実に簡単な話だった。

パンは毎朝パン屋のおじさんが届けてくれるので、今日もたくさんある。メインは食パンだが、他のパンもあるのでそこは各自で選んでもらうことにした。デザートの果物は、丁度完熟のブドウがあったので、それを小鉢に盛り付ければオッケーだ。黒々としたブドウで種もなく皮ごと食べられるという、大変便利なブドウさんである。

なので、悠利とカミールがこれから作るのは、スープと蒸し肉のサラダの二品だけだ。暑さで彼らの体力も減っているので、無理せず作れる料理にするのも大事なことである。

「それじゃ、スープ任せて良い？　僕はサラダの準備するから」

「任せろー。タマネギとキノコで良いか？」

「彩りに人参《にんじん》追加でー」

「了解ー」

悠利が来た頃は手付きの怪しかった見習い組も、今では立派に料理当番を務めている。段取りや連携もきっちり出来るようになっているので、今ではこうやってお互いに分担をしてしまえば作業効率が大幅にアップする。特にカミールは見習い組の中でも目端が利くので、一緒に料理をするときもスムーズにことが運ぶのである。

カミールにスープを任せた悠利は、冷蔵庫からバイパーの肉を取り出す。最初にするのは蒸し肉を作ることだ。サラダは野菜を切って混ぜれば出来上がるので、むしろメインは蒸し肉を作る作業になるだろう。

今日は蒸し上がってから裂いてしまおうと思っているので、バイパーの肉は塊のまま使う。とはいえ、大きすぎても火がなかなか通らないので、掌《てのひら》サイズより少し大きいぐらいに切り分ける。イメージとしては、スーパーで売っている一枚肉を半分にしたぐらいの大きさだ。

切り分けたバイパーの肉に、塩を振って揉《も》み込む。揉み込みが完了したら、深めのフライパンに肉を並べ、そこにどぱーっと料理酒をかける。酒蒸しにするので、肉の半分以下ぐらいになるように酒を注ぐ。フライパンに蓋《ふた》を被《かぶ》せて、火にかければ準備は完了だ。

「ユーリ、思いっきり酒入れてたけど、大丈夫なのか？」

「酒蒸しだからね。それに、火を入れたら大丈夫だと思うよ」

「そういうもんか」

「お酒に物凄く弱い人とかなら、水多めで隠し味程度にお酒とかでも良いかもねー」

「なるほど」

大真面目な顔で頷《うなず》いたカミールの脳裏に浮かんだ人物と、にこにこ笑っている悠利の脳裏に浮かんだ人物は同じだった。《真紅の山猫》唯一の下戸、リヒトお兄さんである。大柄な体軀《たいく》の前衛職ながら、アルコールが大の苦手な下戸なのである。彼がいたら、水を足したバージョンで作っていただろう。

とはいえ、今日はリヒトは出掛けていていないので、何の問題もない。酒蒸しは美味《おい》しいので。

フライパンでバイパーの肉を酒蒸しにしている間に、悠利《ゆうり》はテキパキとサラダの準備を始める。今日使うのは、大根と水菜とレタスだ。彩りにトマトも添える予定である。のほほんとした表情で、凄《すさ》まじい速さで大根の千切りを仕上げていく悠利を横目に、カミールは溜息《ためいき》をついた。悠利の料理技能《スキル》は今日も絶好調だった。

大根は千切りにし、水菜は食べやすい大きさに切る。レタスも食べやすい大きさに、こちらは手で千切る。レタスは鋼を嫌うので、包丁を入れるとその部分から変色してしまうのだ。なので、手で千切ってしまうのが一番なのである。

「あ、カミール、お肉ひっくり返してもらって良いかな？」

「任せろー」

スープを作っているカミールに肉を任せる悠利。半分しか浸《つ》かっていない状態で火を入れていたので、ひっくり返して反対側にも味を付けるのだ。後は、酒がなくなるまで火にかければ良い。蒸し焼きなのでふっくら仕上がるはずである。

その間に、悠利は冷蔵庫から取り出した梅干しをまな板の上に並べていた。包丁の腹で梅干しを潰《つぶ》して種を取り除いていく。種は小皿に残しておく。これは夕飯のときにでもお茶漬けにすれば良いのだ。種の周りにも果肉が付いているが、その全てを剝《は》がすのは大変なので。

種を取り除いた梅干しは、もれなく包丁で叩《たた》く。軟らかい果肉をみじん切りにするかのごとく叩き続ける悠利の姿に、カミールは首を傾《かし》げた。何故《なぜ》、今梅干しが出てきたのかがさっぱり解《わか》らなかったからだ。

「ユーリ、何やってんだ？」

「んー？　ドレッシング作ってるー」

「梅干しの？」

「さっぱり梅味のドレッシングで食べたいなーって思って」

　へろんと笑う悠利に、カミールはがっくりと肩を落とした。悠利の料理は基本的にこんな感じだ。食べたかったからと笑顔で告げる悠利に、まぁそうだよなと呟《つぶや》くカミールだった。細かいことを気にしたら負けである。

　カミールの脱力など気にした風もなく、悠利はテキパキと梅ドレッシングを作り続けている。なお、使うのは叩いた梅干しと、ポン酢とごま油のみだ。ボウルに叩いた梅を放《ほう》り込み、ポン酢を入れて混ぜ合わせる。味見をして分量を確かめたら、風味付けにごま油を混ぜて出来上がりだ。

　梅干しもポン酢もさっぱりしているので、こういった暑い日に食べたくなる悠利なのである。ごま油の風味も食欲をそそるので、これで美味しくサラダを食べようと考えたのだ。勿論、他の味のドレッシングもあるので、各自が好きなものを使えば良い。

　そうこうしている間にバイパーの酒蒸しが出来上がったので、火から下ろして冷ます。冷ましている間に、人数分の器にサラダを盛りつける。

「ユーリ、スープ出来たー」

「ありがとー」

「そっち何か手伝うことあるか？」

「……お肉裂くの手伝ってくれると嬉《うれ》しいかも」

「……それ、熱いやつでは」

「……熱いやつです」

静かにカミールに問われて、悠利はそっと目を逸《そ》らした。そう、いくら冷ましているとはいっても、先程までフライパンでぐつぐつ酒蒸しされていたバイパーの肉は、熱い。どう考えても熱いのである。

とはいえ、作業をしなければ昼食が準備出来ないので、頑張るしかない。悠利とカミールはそれぞれバイパーの肉に手を伸ばし、未《いま》だ残る熱さを感じながらそっと裂いていく。

食べやすい大きさに裂いたバイパーの肉を、サラダの上にぽいぽいと載せていく。じっくり酒蒸しにしたバイパーの肉は、しっとりとしていて美味しそうだ。二人で黙々と作業を進めれば、人数分の蒸し肉のサラダの完成である。

「それじゃ、テーブルの準備しようか」

「だな」

サラダの盛り付けが終わった二人は、皆《みんな》がやってくる前にと食堂のテーブルセッティングに取りかかるのだった。

そして、昼食の時間である。

呼ばれずとも時間通りに食堂にやってきた仲間達は、皆どこか少し疲れた感じだった。暑さに敗北していたのだろう。軽めのメニューにしておいて良かったと思う悠利だ。

「今日のお昼は軽めにしてあるんで、お代わりで調整してください。サラダの上に載ってるのはバイパーの酒蒸しなのでさっぱりしてます」

「ユーリー、この器のなぁにー？」

「あ、それは僕が作った梅ドレッシング。梅干しとポン酢とごま油で作ったの。さっぱりするかなーと思って」

「そうなんだ。他《ほか》のドレッシングもあるのよね？」

「あるよー。好きなので食べてねー」

ヘルミーネの質問に、悠利はのほほんと答えた。興味深そうに梅ドレッシングを眺めていたヘルミーネだが、とりあえずは見知った味の方が良いのか他のドレッシングに手を伸ばす。他の面々も、それぞれ自分の好みのドレッシングに手を伸ばすのだった。

いつものように、いただきますと全員で唱和して、のどかな昼食タイムの始まりである。

悠利は勿論、作ったばかりの梅ドレッシングだ。くるりと酒蒸し肉の上からサラダの器にかけて、ちょっと混ぜる。何となく、サラダを食べるときはドレッシングを満遍なく混ぜてから食べたくなる悠利なのだった。その方が味が染みこむ気がして。

肉と野菜を一緒に口の中へと放り込む。しっとりとした肉の食感と、シャキシャキとした野菜の食感が良いバランスだ。酒蒸しにした肉には塩と酒の風味があってそれだけでもあっさりと美味しいが、梅ドレッシングの酸味が良い感じに旨味《うまみ》を引き立てている。

それに、さっぱりとした味わいなので、食欲が低下状態の悠利でも美味しく食べられる。梅干し偉大だなーと考えながら食べる悠利だった。

それに何より、ふわりと香るごま油が良い仕事をしている。香ばしいその香りが、さっぱりとした味わいのサラダに彩りを加えているのだ。

「ユーリー、このお肉美味しいわね！」

「酒蒸しにしたんだよー。味付けは塩とお酒ー」

「さっぱりしてるから食べやすいわ」

「喜んでもらえたら良かったー」

顔をキラキラと輝かせて美味しそうに食べているヘルミーネ。彼女は小食に分類されるものの、比較的元気そうだった。なので、悠利は視線をイレイシアとジェイクに向ける。ちゃんとご飯が食べられるか心配なのは、この二人である。

イレイシアは人魚という種族なので、夏の暑さには物凄く弱い。水辺ならまだしも、陸上で生活しているのだから余計にだろう。最近は悠利が常備している経口補水液を持ち歩くことで、以前よりも体調を崩すことは減っている。

ジェイクはといえば、体力がなけなしな上に、暑さに弱い。ついでに寒さにも弱いらしい。どうやら、一般的に快適と判断される以外の気温の場合は、暑さ寒さに関係なく敗北するらしい。どう考えてもトレジャーハンターではないのだが、そもそも元々が研究所所属の学者先生なので仕方ない。

そんな二人がちゃんと食べているかが心配になっている悠利だが、どうやら杞憂《きゆう》に終わったらしい。アロールと談笑しながら食事をしているイレイシアは、ゆっくりではあるもののバイパーの酒蒸しもサラダも食べている。スープは既に平らげたらしい。パンは半分ほど残っているが、許容範囲である。

悠利の視線に気づいたらしいアロールが、小さく頷いた。イレイシアより先に彼女が気付いたのは、やはり冒険者としての能力の差だろう。声に出さずに大丈夫だと伝えてくれるアロールに感謝の意味を込めて会釈をした。気遣われていると知ったら、イレイシアは恐縮するだろうから、言葉にせずに伝えてくれるアロールの心配りはありがたい。

そして、ジェイクはといえば――。

「……ジェイクさん、今日はいっぱい食べてますね？」

「これ美味しいですね、ユーリくん」

「梅ドレッシングがお口に合って何よりです」

悠利お手製の梅ドレッシングがお気に召したのか、もりもりと蒸し肉の載ったサラダを食べていた。気付いたらお代わりをしていたので、ジェイク先生にすればかなり食欲旺盛《おうせい》だ。少なくとも、周囲が暑さでへばっている日にこんなに食べるのは珍しい。

珍しいのだが、だからこそちょっと心配になる悠利だった。ちゃんと食べてくれるのは嬉しいが、ジェイク先生には困った点が一つある。

「ジェイクさん」

「何かな、ユーリくん？」

「食べ過ぎないでくださいね？」

「やだなぁ、サラダでお腹《なか》壊したりしませんよー」

「ジェイクさんの場合、前科があるので……」

「前科っていう言い方しないでほしいですね……」

悠利の心配を笑い飛ばしたジェイクであるが、前にやらかしたことがあるので悠利は容赦しなかった。美味しい美味しいと言いながら調子に乗って食べ過ぎて、お腹が痛いと唸《うな》った前例があるのだ。悠利が釘《くぎ》を刺すのも無理はなかった。

「僕だって、毎回毎回そんな風にはなりませんよ」

「…………何でだろう。ジェイクさんの口から出る言葉だと思うと信じ切れない」

「「解る」」

「何で皆便乗するんですか⁉」

悠利のぼそりとした呟きに、イレイシア以外の全員が同意した。ジェイクは衝撃を受けているが、全員それで普通だと言いたげな顔をしている。なお、イレイシアは口に出さなかっただけで、皆と同じタイミングで深く深く頷いていたので、彼女も同じ意見である。誰《だれ》一人ジェイクの味方はいなかった。

そんな風に賑《にぎ》やかな主人達の食事風景を眺めながら、離れた場所で食事をしていたナージャとルークスが、呆《あき》れたように顔を見合わせて小さく鳴くのだった。従魔達の方がよほど静かにご飯を食べていました。

なお、悠利お手製の梅ドレッシングは地味に好評で、梅干しの消費に一役買うのでありました。

第一章　港町に買い出しに出掛けました

「そうだ。良かったらユーリくんも一緒に行きませんか？」

「え？」

にこにこ笑顔でハローズが告げた言葉に、悠利《ゆうり》はきょとんとした。言われた内容がよく解らなかったのだ。

そんな悠利に対して、ハローズはやはりにこやかな笑顔を崩さなかった。

ちなみにハローズおじさんは、いつものように自分が仕入れてきた商品の鑑定や使い方のアイデアを聞きに《真紅の山猫》《スカーレット・リンクス》にやってきている。リビングでアリーと悠利の三人でのんびりと会話をしている姿はほのぼのとしているが、一応仕事で来ていたのである。一応。

そんなハローズは、いつも通りの笑顔のままで、悠利に重ねて言葉をかけた。自分の発言の意図をきっちり伝えようと思ったのかもしれない。

「港町なら新鮮な魚介類も手に入ると思いますし、たまには遠出するのもどうかと思ったんですが」

「そりゃ、新鮮なお魚が手に入るなら僕も興味はありますけど……」

好意百パーセントなハローズの言葉に、悠利は困ったように眉《まゆ》を下げた。本音を言うならば、同行したい。ハローズが悠利を誘っているのは、仕入れへの同行だ。その仕入れ先が、港町なのである。

王都ドラヘルンは豊かな街だ。流石《さすが》は王都と言うべきか、地方からも食材が届けられるので、大概のものは揃《そろ》う。

けれど、それでも手に入らないものはある。鮮度の問題で届けられないものや、収穫量が少ないので流通しにくいものなどは、どうしたって出てくる。そういう意味では、やはり産地へ赴くのが一番だろう。

だから、ハローズの申し出はとても、とても、魅力的なのだ。

では、どうして悠利が躊躇《ためら》っているのかと言えば、隣に座る保護者の視線が気になったからだ。悠利に対しては過保護に過保護を重ねてもまだ足りないと言い出しかねないリーダー様。なお、その判断はあながち間違っていない。当人は普通にしているつもりだが、悠利はちょこちょこ騒動を引き起こすので。

勿論《もちろん》、騒動を引き起こすだけならばアリーもそれほど過保護にはならないだろう。問題なのは、悠利には戦闘力が皆無であることと、この世界における常識が欠落していることだ。

一般常識も土地によって変化する。ましてやここは異世界であり、悠利の常識は周囲の非常識になってしまうのだ。その尻《しり》ぬぐいを日々行っているのがアリーである。彼が悠利を案じるのは無理からぬことだった。

そして、悠利もまた、その辺りの事情は正しく把握している。口やかましく過保護なアリーを疎むことなどなく、怒られても恨みに思うこともなく、何かやっちゃったんだろうなぁと思いながらお説教を聞く日々だ。

なので、悠利はハローズの誘いに心を動かされつつも、傍らのアリーの反応が解《わか》らずにその顔色を窺《うかが》うのだった。

「……何だ」

「あ、いえ、アリーさんどんな顔してるかなーと思って……」

「…………はぁ」

へらっといつもの笑顔で告げた悠利に、アリーは盛大に溜息《ためいき》をついた。ハローズはそんな二人を気にした風もなく、にこにこ笑っている。何しろ、ハローズにしたら実に見慣れた光景だからだ。いや、別にハローズだけではあるまい。彼等と親しい面々にしてみれば、見慣れた光景だ。

悠利が何かをやらかしたり、やらかす前だったりに、色々とお伺いを立てるようにアリーを見るのも、それを見たアリーが呆れたように大きな溜息をつくのも、良くあることだ。なお、もう一つよくあるのは、その後に盛大に雷を落とされる悠利という光景である。保護者のツッコミは優しさ故に厳しいのだ。

何かを窺うようにちょっとだけ上目遣いで見てくる悠利と、悠利とアリーの姿をいつも通りの笑顔で見ているハローズ。そんな二人を見て、アリーは実に面倒そうに口を開いた。心底そう思っているのだと解る口調で言葉を投げかける。

「ハローズ、コレを連れ歩くのはトラブルの種を持ち歩くようなもんだぞ？」

「アリーさん、言い方！」

「その可能性も考えましたけど、買い出しに出掛けるぐらいなら気分転換に良《い》いかなぁと思いまして」

「考えたんですか、ハローズさん⁉」

アリーのあまりにあまりな言い草に思わず叫ぶ悠利。しかし、そんな彼を更に打ちのめしたのがハローズの言葉だった。にこにこ笑顔の商人のおじさんは、さらっと結構ひどいことを口にした。悠利が驚愕《きょうがく》してツッコミを入れる程度にはひどい発言である。だがしかし、同時に正しい発言でもあった。

そんな悠利を見て、ハローズは笑顔のまま答えた。

「いやだなぁ、ユーリくん。私は商人ですよ。どんな状況も想定するに決まっています」

「えぇぇぇ……」

確かに商人の心得としては正しいけれど、自分の扱いがひどいのはどうにかしてほしいと思う悠利だった。だがしかし、アリーは物凄《ものすご》く深く深く頷《うなず》いているので、きっとハローズに同意なのだろう。悠利の味方はいなかった。

ぶちぶちとぼやいている悠利をそっちのけで、ハローズとアリーの会話は続く。大人二人が頭上で話をしているのを全然聞いていない悠利だった。ちょっとふてくされたい気分だったのである。

「確かに俺達は忙しいからこいつをあまり外へ連れて行ってやることは出来ないが、危険を承知で連れ歩く意味はあるのか？」

「しいて言うなら、ユーリくんの視点があれば面白いかと思いまして」

「どういう意味だ？」

「売り物になるものが見つかる可能性があるかなと」

「……こいつの場合は、自分が食べたいものにしか反応しないと思うが」

「それも含めてです」

「含めてなのか……」

いつも通りの人当たりの良い笑顔で言い切ったハローズに、アリーはがっくりと肩を落とした。

ハローズおじさんは基本的には善人であるし、優しいおじさんだ。だがしかし、根っこは行商人なので、時々こういう現象が起こる。優しいだけの人に、王都で大きな店舗を持つ商人は出来ません。

ハローズが悠利を港町に連れて行こうとしているのは、勿論純粋な好意もある。悠利ならば、港町の様々な食べ物に目を輝かせて楽しむだろうという好意だ。けれどそれと同時に、何か欲しいものを見つけて、ハローズに新たな商売のタネを提供してくれるかもしれないという打算もある。

それらを察して、アリーは溜息をついた。手綱を握ってくれるつもりはあるようだが、その手綱はどうやらある程度緩めたものらしいと理解して。

どうしたものかとしばらく考え込んだアリーは、やがて、折れたように息を吐いた。

「アリーさん？」

「ハローズの仕事の邪魔をしないなら、同行させてもらえ」

「良いんですか⁉」

「……何でそこまで驚くんだ、お前は」

アリーの発言に、悠利は衝撃を受けたように叫んだ。まさかそんな、とでも言いたげな顔である。お前は俺を何だと思っているんだと言いたげなアリー。なお、悠利のアリーへの認識は、過保護で頼れる優しい保護者である。うっかりお父さんと呼びそうなぐらいには信頼している。

そして、信頼しているからこそ、お目付役不在の遠出を許されるとは思わなかったのだ。基本的に、悠利が一人（ただし、従魔のルークスは常に護衛よろしく同行している）で出歩くのは王都の中だけである。歩いていける距離にあり、王都の一般人の皆さんが一人で入るような採取系ダンジョン収穫の箱庭でさえ、誰かお目付役の大人が同行しているぐらいだ。

港町に行けるのは嬉《うれ》しいが、まさかお許しが出るとは思わなかったので、反応に困る悠利なのだった。行きたいのは事実なのだけれど。

「とりあえず、ルークスは連れて行け。ハローズの言うことには従え」

「勿論です」

「食材を買い込むのは良いが限度は考えろ。路地裏とかには絶対に近付くな」

「解っています」

「迷子になるなよ」

「アリーさん、僕、小さい子じゃないです！」

「興味が湧《わ》いたらふらふら移動するのはチビと一緒だろうが」

「うぐぅ……」

次から次へとテンポ良く告げられた言葉に素直に頷いていた悠利だが、最後の言葉だけは納得がいかなかったので反論した。だがしかし、すぐにぐうの音も出ないレベルで言い負かされた。否定出来る材料がどこにもないのだ。

ましてや、向かうのは新鮮な魚介類に巡り会える港町。美味《おい》しそうな料理や食材を前にすると、ついついふらふらと近寄ってしまう癖のある悠利にとっては、目移りするだろう場所である。アリーの忠告も間違ってはいないのだ。悲しいことに。

「では、ユーリくん、一緒に港町に行きましょうか」

「はい、よろしくお願いします」

「色々と世話をかけるが、よろしく頼む」

「いえいえ。いつもユーリくんにはお世話になっていますから」

ハローズの言葉に悠利は首を傾《かし》げる。いつも美味しい食材を購入させてもらっているだけで、別に自分は何もしていないのではと思う悠利である。とはいえ、食材を鑑定したり、使い道を提案したり、何だかんだでちょこちょこお役に立ってはいる悠利だ。当人がそれをまったく自覚していないだけで。

なので、不思議そうな悠利にハローズは笑うだけだった。伝えても多分通じないだろうと解っているのだ。その程度には悠利との付き合いはあるので。

「その港町はどういう雰囲気のところなんですか？」

「漁に使われている港のあるところなので、地元の人で賑《にぎ》わっている感じですね」

「観光地という感じではないんですね」

「そうですね。海水浴が楽しめる場所もありますが、どちらかと言えば食材を求めて商人がやってくるような感じの場所です」

にこにこ笑顔のハローズの説明を悠利は真面目《まじめ》な顔で聞いている。その説明から、悠利の脳裏に浮かんだのは魚市場のような雰囲気だった。何かを見て回るタイプの観光目的の港町ではなく、地元の漁師さんで賑わうタイプの港町だ。

なので、ひどく真剣な顔をして悠利は問いかけた。

「……それはつまり、美味しい食材があるということですか？」

「……少なくとも、新鮮な食材があるのは間違いないですね」

「なるほど」

大真面目な顔の悠利に答えるハローズも、大真面目な顔だった。隣で見ているアリーが呆《あき》れるほどに二人は真剣な顔をしている。会話内容からは、そんな顔をするようなことか？　とアリーは思うのだが、当事者二人は大真面目なのである。

ハローズとしても、新鮮な魚介類やそれらを使った加工品が手に入るというのもあって仕入れ先に選んでいる。悠利はそもそも、最初から新鮮な魚介類が目当てである。二人が意気込むのは無理のないことだった。ただし、その熱意は外野にはよく解らないものとして処理されるのだった。

しばらくハローズと熱心に語り合っていた悠利が、ふと何かに気付いたようにアリーを見た。何だと言いたげな顔で悠利を見るアリー。そんな彼に、悠利はおずおずと自分の考えを伝えるのだった。

「あの、もしも日程が合うなら、イレイスも一緒に行っても良いですか……？」

「イレイシア？　何でまたいきなり」

「港町なら新鮮な魚介類があるし、それに何より、海が見えるじゃないですか」

「……」

「ダメ、ですか……？」

悠利《ゆうり》の提案に、アリーは目を細めた。ハローズはいまいちよく解っていないのか、二人の顔を見比べている。

無理なことを言っていると多少自覚のある悠利なので、表情は少し硬い。それでも、アリーにお願いを口にする程度には、彼はイレイシアを同行させたかったのだ。人魚族で、悠利と同じく生魚を食す文化を持つ、彼女を。

「イレイシアが何か言っていたのか？」

「いいえ。特に何かを言っていたわけじゃないです。ただ、時々、ロイリスが波の模様を彫り込んだ腕輪を、じっと見てることがあるので」

アリーの問いかけに、悠利は静かに答えた。ほんの少し眉《まゆ》を下げた、ちょっと困ったような表情だ。けれどそれは、どういう顔をして良いのか解らずに、結局困ったみたいな顔になっているだけだった。

イレイシアの故郷は、ここから遠く離れた場所にある海だ。今回ハローズが悠利を誘ってくれた港町とはまた別の海なので、そこへ行ったところで彼女の故郷に繋《つな》がる何かは存在しない。だがしかし、それでも海は海。内陸の王都ドラヘルンよりは、望郷の気持ちを慰められる可能性はあった。

それに、イレイシアは刺身を忌避せず食べる文化で育った人魚の少女である。鮮度抜群のお魚を一緒に物色して、いつぞやのように海鮮丼《どん》を作って二人で食べるのも楽しそうだと思ったのだ。

悠利の考えが通じたのか、アリーはしばらく考え込んでから口を開いた。

「ハローズ、もう一人追加でも大丈夫か？」

「えぇ、こちらは特に問題はありませんよ」

「では、世話をかけるが、もしも本人が希望したらイレイシアも同行させてやってほしい」

「承知しました」

アリーの頼みに、ハローズは二つ返事で頷いた。元々、悠利を誘う程度には気楽な仕入れのつもりだったハローズなので、同行者が増えたところで困らないらしい。まして、イレイシアは問題を起こすような性格をしていないので尚更《なおさら》だ。穏やかで気立ての良い清楚《せいそ》なお嬢さんであれば、ハローズおじさんの仕事の邪魔はしないだろう。

むしろ、何かトラブルが起きるとしたら悠利の方だ。当人は普通のつもりだろうが、何かうっかり騒動を起こす可能性は否定出来ない。それに比べれば、イレイシアは迷惑になりもしない同行者である。

「ハローズさん、ありがとうございます！」

「いえいえ。もしかしたらあちらでユーリくんの力を借りるかもしれませんが」

「僕に出来ることなら頑張ります」

「よろしくお願いします」

満面の笑みを浮かべる悠利に、ハローズも穏やかに笑っている。その二人を見ながら、変なことをしでかすなよと言いたげな顔をしているアリーだった。ちなみに、ハローズが想定しているのは鑑定技能《スキル》の話なのだが、悠利はさっぱり解《わか》っていなかった。鑑定技能はとても便利なお役立ち技能なのである。

初めての港町への期待を膨らませながら、悠利はハローズと色々と話を続けた。どんなものが売っているのか。今はどんな食材が旬《しゅん》なのか。結局話題の大半が食べ物に関連してしまうのは、悠利だからと言うべきだろうか。そういうものです。

そんな二人を眺めながら、許可を出したものの何事もなく終わるだろうかと考え込んでしまうアリーだった。保護者は色々と考えてしまうのです。

なお、悠利とアリーから港町行きの話をされたイレイシアは、花が綻《ほころ》ぶような笑顔で同行を希望し、とてもとても喜ぶのでした。美少女の笑顔、プライスレス。

◇◇◇

そして、ハローズとの約束の日。

お出掛けの準備を整えた悠利は、イレイシアとルークスと一緒に待ち合わせ場所である王都の城門前にいた。お出掛けの準備といっても、動きやすいいつもの服装に、愛用の魔法鞄《マジックバッグ》となっている学生鞄《かばん》を持っているだけだ。なお、鞄の中には飲み物や食べ物などが入っている。現地で色々買えるとはいえ、持っていると安心するので。

ちなみに、イレイシアは以前に採取系ダンジョン収穫の箱庭に赴いたときと同じように、いつもの袖無《そでな》しワンピースの上からケープを身につけている。ポシェット型の魔法鞄の中には愛用武器である鎌《かま》も収容されているが、使うことは多分ないだろう。一応持ち歩くようにしているというだけである。ついでに、魔法鞄の中には色々な楽器も入っている。吟遊詩人なので。

さて、そんな悠利達であるが、待ち合わせ場所に到着してすぐに、目を点にしていた。

待ち合わせ相手のハローズおじさんは、にこにこ笑顔でそこに立っている。それは良《い》い。悠利達が驚いたのは、その隣でひらひらと手を振っている美人の存在にである。今日も相変わらず麗しい美貌《びぼう》のオネェ、調香師のレオポルドがそこにいた。何故《なぜ》彼がそこにいるのかが、悠利達には全然解らなかったのだ。

「はぁい、ユーリちゃん、イレイスちゃん、おはようございます」

「あ、おはようございます、レオーネさん」

「おはようございます」

いつも通りの朗らかなテンションで挨拶《あいさつ》をよこしたレオポルドに、悠利もイレイシアもとりあえず素直に挨拶をした。何でこの人がいるんだろうという二人の疑問には、まったく答えてくれていないが、とりあえず挨拶は大事である。

よく見れば、レオポルドも外出準備を整えている。いつもと違い、お洒落《しゃれ》なショルダーバッグを

身につけ、首元にはスカーフを巻いている。普段からお洒落なオネェさんであるが、やはりお出掛けするときにはパワーアップするのだなと思う悠利だった。

ハローズとも朝の挨拶を終えた悠利は、レオポルドに向き直って率直に問いかけた。解らないことは素直に聞くのが悠利の美点である。多分。

「何でレオーネさんがいるんですか？」

「あたくしも同行するからよ」

「ハローズさん、この間は何も言ってませんでしたけど、最初からレオーネさんも一緒だったんですか？」

悠利の問いかけに、レオポルドはあっさりと答えてくれた。それを聞いて悠利は、ハローズに疑問を投げかけた。悠利とレオポルドが仲良しなのは知人の間では有名だ。最初から決まっていたことなら、教えてくれても良かったのにと思ったのである。

「いえいえ、あの後ご一緒することが決まったんですよ」

だがしかし、ハローズの答えは悠利の考えと違った。あの後というのは、ハローズが悠利を誘い、悠利がイレイシアの同行を希望し、二人がハローズと共に港町に出掛けることが決まった後、という意味だ。自分達の同行が決まった後に更に人員を増やしたのは何故だろうと首を傾げる悠利。

その隣で、イレイシアが小さく「あっ……」と呟《つぶや》いた。もしかして、と言いたげな表情をする美少女。よく解っていない悠利が彼女を見上げれば、イレイシアは少し困ったように眉を下げて、口を開いた。

「もしかしたらですけれど、わたくし達の護衛も兼ねていらっしゃいませんか……？」

「あら、どうしてそう思ったのかしらぁ？」

「わたくし達の同行が決まった後にと仰《おつしや》いましたから。……それに、レオーネさんはリーダーと親しくされていますでしょう？」

「……へ？　アリーさん？　何で？」

楽しそうに笑うレオポルドと、いつも通りのにこにこ笑顔なのでまったく感情の読めないハローズ。その二人に対して、イレイシアは少し自信なげになりながらも彼女の意見を述べる。

その意見に、悠利はきょとんとした。「イレイス、何言ってるの？」とでも言い出しかねない顔だ。今回悠利達が出掛けるのは漁港という感じの港町である。危ない場所へ行くわけでもないのに、どういうことだろう、と。

なお、悠利の足下では、ルークスが胡乱《うろん》げな瞳《ひとみ》でレオポルドを見上げていた。ご主人の護衛は僕の仕事、とでも思っているのだろうか。自分の存在意義にかけて、護衛のポジションは渡さないと言いたげな雰囲気だ。ルークスは今日も悠利が大好きです。

そんな三人を見て、レオポルドは楽しそうに笑った。「ユーリちゃんは相変わらずねぇ」と微笑《ほほえ》む姿は本当に楽しそうだ。

「レオーネさん？」

「安心してちょうだい、イレイスちゃん。あたくし、ちゃんと自分の仕事の材料を探すために同行をお願いしたのよ」

「まぁ、そうだったのですか。わたくしの早とちりで申し訳ありません」

「貴方《あなた》の考えも間違ってはいないけれど」

「「え？」」

美しい所作で頭を下げたイレイシアであるが、レオポルドがあっさりと続けた言葉に、ピタッと動きを止めた。悠利と二人で目をまん丸に見開いてレオポルドを見る。

レオポルドは口元に手を当てて楽しそうに笑っていた。そして彼は、悠利とイレイシアの二人に種明かしをしてみせた。

「今日のあたくしは、自分の仕事で貴方達に同行するのと同時に、ユーリちゃんのお目付役も兼ねているわ」

「レオーネさん⁉」

「仕事のついでという名目なら、あたくしがここにいるのも変ではないものねぇ。あの男も色々と考えたってことかしらぁ」

「……えーっと、つまり、アリーさんから何らかの打診があったってことでしょうか……？」

「よっぽどユーリちゃんを野放しにするのが不安だったみたいよ」

「僕の扱いがひどい！」

ウインクと共にレオポルドが投げてきた答えに、悠利は思わず叫んだ。別に何もしないのにと憤慨しているが、ハローズもイレイシアもそっと目を逸《そ》らしていた。悠利に悪気がないのは解っているが、何だかんだで気がつくと何かを引き起こしているのが常なので。

重ねて言うが、当人に悪気も自覚もない。そして、引き起こす騒動も一概に悪いことではないのが辛《つら》いのだ。……逆に、だからこそアリーがお目付役を送り込んだともいう。

「ユーリちゃん、そうは言っても貴方、行く先々で何か起こしてるでしょう？」

「別に僕が何かやったわけじゃないときだってあります」

「八割は貴方が行動を起こしたせいだってあたくし聞いてるわよぉ？」

「うぐぅ……」

ぐうの音も出ない正論だった。温泉街とかダンジョンとか、と重ねて言われてしまった悠利は、己の敗北を悟った。確かに、普段と違う場所に行くとか普段と違う行動を取るとかすると、高確率で何かに遭遇してきたのは事実だったので。

「まぁ、そんなわけだから、大人しくお目付されていなさいねぇ？」

「……ふぁい」

優しい微笑みを浮かべつつ、瞳に真剣な光を浮かべたレオポルドに諭されて、悠利は素直に頷《うなず》いた。否定材料がない以上、お目付役の同行を拒否することは出来ないのである。

しかも困ったことに、悠利はレオポルドのことが好きだった。同じ趣味でキャッキャウフフしている大切なお友達である。なので、そちらの意味でも拒絶出来ないという事実に、アリーの本気を感じるのだった。

これが指導係の面々などであった場合、同行する理由が悠利のお目付役以外に存在しないので、悠利も申し訳なさを理由にやんわりとお断りすることも出来そうな気がするのだ（実際は出来ないが)。しかし、お友達かつ自分もちゃんと出掛ける理由を引っ提げてきたオネェが相手ではその理屈は通用しない。保護者様が一枚上手だったようである。

そんな風に悠利《ゆうり》とレオポルドが愉快なやりとりをしている背後では、イレイシアがハローズに今回の同行許可のお礼を述べていた。故郷とは異なるものの、海を見られるということで彼女はとても楽しみにしていたのである。

なお、ちゃっかりもののハローズおじさんは、人魚の視点から何か気になることがあったら教えてほしいとお願いをしている。商人は抜け目がないのがお約束です。

「それでは、ユーリくんも折れたところで現地に向かいましょうか」

「ハローズさん、面白がってませんか……?」

「いえいえ。アリーさんから話を聞いた段階で、ユーリくんに勝ち目はないなぁと思っていただけです」

「むぅ……」

爽《さわ》やかな笑顔でちょっとひどいハローズだった。とはいえ、話を聞けば誰《だれ》もが悠利の敗北を確信するような布陣なので仕方ない。それに、ハローズにしてみれば棚ぼたで手綱が降ってきたみたいなものである。本日の仕入れの安全は約束されたも同然だった。

まぁ、そもそも、運∞というアホみたいな能力値《パラメータ》の悠利を連れ歩く段階で、危険からは遠ざかるだろう。少なくとも、何かトラブルが起こったとしても身の安全は保障されるはずだ。今までの騒動から考えても、悠利の周囲の面々の安全は割と確保されているので。

現地に向かうと言いながら、ハローズが悠利達を連れて行ったのは城門から少し離れた場所にある建物だった。小さな商店ぐらいのサイズの建物の前には、数人ずつの集団が幾つも集まっていた。その入り口には、武装した見張り番のような人もいた。

「ハローズさん、この建物は何ですか？」

「ここは、商人ギルドが管理する建物ですよ。今日は転移門で港町に向かいますからね」

「……転移門？」

耳慣れない単語に、悠利は首を傾《かし》げた。そんな悠利にハローズはちゃんと説明してくれた。

「転移門というのは、その名前の通りに、通ることで遠く離れた場所に転移出来る門のことです。商人ギルドが所有していて、申請すると使わせてもらえるんですよ」

「そんな凄《すご》いものがあるんですね……！」

「ええ。とはいえ、使用料もかかりますし、そうそう頻繁には使えないんですけどね」

「なるほど」

便利さの代償は結構高いらしいと理解した悠利だった。確かに、誰でも彼でも転移門が使えるならば、流通や行商のスタイルが思いっきり変わるだろう。

入り口でハローズが身分証明書でもある商人ギルドのギルドカードを見せると、悠利達は彼の同行者ということで身分証の確認だけで中に入ることが許された。ちなみに、悠利が使ったのは鑑定士組合の身分証で、イレイシアとレオポルドは冒険者ギルドのギルドカードだ。

レオポルドは今は調香師として活躍中だが、有事の際には駆り出される可能性があるので冒険者登録を残したままなのだ。本人は引退したと言っているが、腕の良い薬師（それも前衛で戦える）という段階で登録抹消は不可能だ。有事の際の人員は多いに越したことはない。

そんなこんなで通された建物内部は、簡素な造りをしていた。受付らしい窓口と待合室らしい椅《い》子《す》がたくさん置かれた場所以外は、これといったものはなかった。唯一あるのは、柵《さく》の向こう側に存在する大きな金属の輪っかのような建造物だろう。

輪っかの大きさは直径三メートルほどだろうか。シンプルな金属の輪っかで、それを支える台座のような場所には幾つもの魔石が埋め込まれているのが見える。少し離れた場所に操作盤らしきものがあり、そこに係員と思《おぼ》しき人物が立っている。

初めて見る転移門に目を丸くしている悠利の目前で、転移門が起動した。操作盤を係員が操作すると、ぶぉんという鈍い音と共に金属の輪っかの外側部分に光がぐるりと走る。次に、輪っかの内側にも半透明の光が満ちる。ゆらゆらと揺れるもやのような光の中へ、柵の内側で待機していた人々が進んでいく。

そして、輪っかの内側に足を踏み入れた人々の姿は、半透明の光に包まれるようにして消えていった。何人かが輪っかの向こうへ移動すると、再びぶぉんという鈍い音がして半透明の光は消え失《う》せた。

……勿論《もちろん》、輪っかの向こう側には誰もいない。

「うわぁ……。本当に転移しちゃってる……」

「目的地ごとにまとめての転移ですからね。次が目的地の港町ロカに繋《つな》がるので、我々も並びましようか」

「あ、はい。解《わか》りました」

ハローズに促されて、呆然《ぼうぜん》としていた悠利も我に返って後に続く。イレイシアも転移門を見たのは初めてなので、驚いているようだった。その二人と裏腹に、レオポルドはけろりとしている。色々と修羅場を潜《くぐ》ってきたオネェさんは勿論のこと転移門をご存じだった。

先に並んでいた人々に続くように、悠利達も柵を越えて転移門の側《そば》へと移動する。柵を越えるときに係員が名前や人数を確認していたので、決められた人しか使えないんだなぁと思う悠利だった。

「転移門って、使うの大変なんですか?」

「大変というか、起動させるのに大量の魔石が必要になるので、利用者の確認が必要なんですよ」

「そんなに大量の魔石がいるんですか? 転移門って魔法道具《マジックアイテム》の仲間かと思ったんですけど」

「魔法道具と魔導具の合わせ技だと聞いたことがありますねぇ。機能に関しては魔法道具に分類されるようですが、起動させるのに魔石を必要とするのが魔導具に近いと」

「つまり、謎《なぞ》の、凄い技術で作られたものってことですか?」

「そうなりますね」

ハローズの解説に悠利は感慨深そうに転移門を見詰めた。魔法としか呼びようのない物理法則無視のトンデモアイテムを魔法道具と呼ぶが、その中で起動させるのに魔石を必要とするものがあるとは知らなかった悠利である。魔導具が魔石を必要として動いているのは、イメージとして電池に近い感じなのでまだ理解出来たのだが。

ちなみに、転移門は対象を転移させるという規格外の能力が魔法道具として認定されているのだが、操作盤を利用して目的地を設定して起動するのに魔石が必要になるのだ。なお、転移出来るのは同じように転移門がある場所かつ、設定で同期されている場所のみとなる。割と限定的だ。それでも凄《すさ》まじい性能であることに間違いはないのだが。

「転移門って、商業ギルドの持ち物なんですか？」

「少なくとも、世界各地に存在する転移門の九割は商業ギルドの所有物だそうですよ」

「凄い……！　でも、こんなに凄い性能なら、国の管理下に置かれそうなのに、商業ギルドの管轄なんですね？」

「国の管理下のものもありますが、大半の転移門の管理と運営は商業ギルドに委《ゆだ》ねられていますね。そうすることで流通をよくするというのもあるのかと。……勿論、だからこそ利用者が限られるのですが」

ハローズが小さく付け加えた言葉の真意を、悠利はよく解っていなかった。首を傾げる悠利に、手続きが色々あるんですよと笑うハローズ。その顔はもう、悠利が見知っているいつもの優しい商人のおじさんの顔だった。

なお、商業ギルドに所属していても誰もが転移門を使えるというわけではない。そこそこのお値段がする使用料を払える者である以外にも、商業ギルドの審査に合格することが必要不可欠だ。早い話が、転移門を悪用するような可能性のある者は、いくら金を積んでも利用出来ない。そこら辺はきっちりしている。

国の管理下ではなく商業ギルドの管理下にあることを危険視する声もあるが、国の管理下にする方が締め付けが厳しくなって気軽に使えないというのもある。そもそも、商業ギルドは幾つかの国をまたいで連携が取れる組織であるが、国となるとそうはいかない。余所《よそ》の国にぽーんと転移出来る機能は、一歩間違えると戦争を引き起こす。とても危険だ。

それもあって、転移門のある施設に勤める者達は指折りの実力者であるし、起動者として設定された者が複数人いないと動かせない。あくまでも商業ギルドに所属する商人が使うという点においてのみ、活用することを許されているのが転移門なのだ。

勿論、悠利にはそんな大人の事情なんて解らないいし、ハローズも細かく説明するつもりはない。彼等にとって重要なのは、転移門を使えば遠方にある港町ロカにさくっと到着出来るという一点のみである。

「そういえば、その港町って遠いんですか？」

「大河を挟んでいるので、陸路で行くとなると片道二週間ぐらいですね」

「二週間⁉」

「それもあって、転移門の使用を申請したんですよ」

笑って告げるハローズに、悠利は目を点にした。先日、温泉都市イエルガに出掛けたときは片道一週間の距離をワイバーンに運んでもらうことで数時間に短縮したが、それ以上の短縮だ。文明の力って凄いと思う悠利だった。

「そうやって考えると転移門って凄いですねぇ……。手紙や荷物が届けてもらえるのもありがたいけど、こういう便利な道具があったら距離がぐっと近付くんだろうなぁ……」

「そうねぇ。でも、民間レベルで使えるようになるにはちょっと高価すぎるわよぉ」

「僕達がこうして転移門を使えるのはハローズさんのおかげなんですよね。ありがとうございます」

「ありがとうございます」

「ははは。ユーリくんもイレイシアさんも、お気になさらずに。事前に人数を申請しておけば問題ありませんからね。使用料も一律ですし」

ぺこりと頭を下げる悠利とイレイシアに、ハローズはにこにこと笑っている。ちなみに、完全にお子様を引率するという感じの扱いの悠利達は無償で連れてきてもらっているが、大人であるレオポルドは使用料のいくらかを負担している。自分の仕事の買い物が出来るのだからと、そこは譲らなかったオネェである。

目の前で起動する転移門を見詰めながら、この世界の道具のぶっ飛び具合に驚く悠利だ。現代日本の科学技術に似たような魔導具の数々にも驚かされるが、物理法則を無視した魔法道具にはもはや度肝を抜かれるしかない。まさか転移出来る装置があるなんて思いもしなかったのだから。

同時に、こうやって転移が出来る装置があるのに、何で電話のようなものが普及していないんだろうと思った悠利だった。どう考えても転移より通話の方が簡単そうなのに、と。

思わずその疑問が口をついて出ていた悠利に、レオポルドはあらと楽しそうに笑いながら言葉を投げかけた。

「声を繋げる魔法道具ならあるわよぉ。アレも希少価値が高いけれど、少なくとも各地の冒険者ギルドには設置されてるわ」

「冒険者ギルドに、ですか？」

「ええ。冒険者ギルドは、ほぼ唯一、国を超えて一つの組織で運営されているギルドですもの。有事の際の連絡用にと、声を繋げる魔法道具は優先的に設置されているわ。普段はあまり使わないらしいけれど」

「……冒険者ギルドって実は凄かったんですか？」

レオポルドの説明に、悠利はごくりと生唾《なまつば》を飲み込んで問いかけた。彼にとって冒険者ギルドというのは、仲間達が所属している場所という程度の認識しかない。後、ルークスの従魔登録でお世話になった場所だ。荒事と無縁に生きている悠利なので、そうなってしまうのだ。だって彼は冒険者じゃないのだし。

冒険者ギルドはその性質上、商人ギルド以上に所属している者達が広範囲に移動する。それもあって、国が違っても問題なく活動が出来るようにと作られた組織なのだ。国同士の諍《いさか》いには基本的に関与しないが、魔物関連や天災などに関しては国境という柵《しがらみ》に囚《とら》われずに活動している。

ざっくり簡単に悠利にそういった事情を説明するレオポルドの隣で、イレイシアとハローズは微《ほほ》笑《え》みを浮かべていた。色々なことを知っているようで、時折こうして彼等にとっては当たり前のことを知らない悠利の姿が微笑ましいのだろう。……外見年齢が幼く見えるので、余計にだ。

そうこうしているうちに再び転移門が起動したのか、ぶぉんという鈍い音が響く。悠利が視線を向けると、先程と同じように半透明の光を内側に満たした輪っかが見える。今からあれを通り抜けるのだと思うと、妙に力んでしまう悠利《ゆうり》だった。

「ユーリちゃん、緊張しなくても大丈夫よ」

「あはは……。どうなるのか解らなくて、ドキドキしちゃってるんですよね。イレイスは？」

「わたくしも、緊張していますわ」

「だよねー」

宥《なだ》めるようにぽんぽんと肩を叩《たた》いてくるレオポルドを見上げて、悠利は困ったように笑った。安全が確保されていると解っていても、やはり生まれて初めての転移というのは緊張してしまう。

ワープなんて、現代日本で育った悠利にとっては二次元の世界の話であり、自分が体験することになるなんて考えもしなかったのだから。

「それじゃあ、不安を解消するために手を繋ぎましょうか？」

「いいんですか？」

「お安いご用よ。さ、お手を拝借」

「よろしくお願いします」

優しい笑顔で告げられた提案に、悠利は即座に飛びついた。差し出されたレオポルドの掌《てのひら》に手を重ねる。子供が親とはぐれないように手を繋ぐような感じになっているが、気にしてはいけない。気にしたら負けである。

そして悠利は、隣に立つイレイシアに空いている左手を差し出した。

「ユーリ?」

「イレイスも緊張してるなら、手を繋いだら安心出来るかなって」

「そうですわね。では、失礼いたしますわ」

「あらあら、仲良しねぇ」

悠利が差し出した手を、イレイシアは素直に取った。仲良く手を繋ぐ二人を見て、レオポルドは楽しそうに笑う。実際、彼にしてみれば微笑ましい光景以外の何物でもないのだろう。

「キュイ」

「あはは、ルーちゃんも手を繋ぎたいの?」

「キュウ」

悠利の足下で大人しくしていたルークスが、交ぜてと言いたげに身体《からだ》の一部をみにょーんと伸ばして、悠利とイレイシアが繋いでいる手へと触れてきた。顔を見合わせて笑った二人は、一度手を解《ほど》いてからルークスを掌の間に挟んで手を繋ぎ直した。

「キュー」

「ルークスちゃんは仲間外れが嫌だったのかしら」

「そうかもしれません。ルーちゃん、足下気を付けてね」

「キュキュー!」

楽しそうなレオポルドに、悠利も笑顔で答える。ルークスはぽよんぽよんと跳ねながら、満足そうに目を輝かせていた。今日もルークスはご主人様が大好きなのである。

「皆さん、準備が出来たなら、移動しましょう。転移門を潜れば、ロカの街ですよ」

「「はい」」

ハローズに促され、三人は手を繋いだまま転移門へと足を進める。係員達は、そんな彼等を笑いはしなかった。初めて転移門を使用する際に緊張するのはよくあることだからだ。また、悠利の外見が幼く見えるので、違和感を覚えることがなかったのだろう。

ゆらゆらと揺れる半透明の光。先導するハローズがためらいなく足を踏み入れ、レオポルドがそれに続く。腕を優しく引かれて、悠利とイレイシアは並んで輪っかの中へと足を踏み入れた。

そして――。

「……えーっと、通り抜けた、んですよね？」

「ええ、そうよ、ユーリちゃん。立ち止まっていると迷惑になるから移動するわよ」

「はい」

意を決して足を進めた先に広がった景色は、それまで見ていたものとほとんど変化がなかった。思わず立ち止まってきょろきょろしてしまう悠利だが、レオポルドに咎《とが》められて足を動かした。悠利の隣のイレイシアも同じような反応をしている。

手を引かれるままに移動して、他《ほか》の人の移動の邪魔にならない位置でやっと落ち着くことが出来た。建物の造りは先程までいた場所とほぼ同じ。それでも、よくよく見れば僅《わず》かな違いがあるし、何より転移門の側にいる係員が別人だ。

「……こんな一瞬で終わるものなんですか？」

「一瞬で終わっちゃうのよねぇ。オマケに、商人ギルドの方針なのか建物が似た造りなものだから、混乱しちゃうのよぉ」

「……思いっきり混乱しました」

「わたくしもですわ……」

「それでも、ここは間違いなくロカの街の近くだと思うわよ」

脱力している悠利とイレイシアに、レオポルドは楽しそうにウインクをよこした。きょとんとする二人。先に理由に気付いたのは、イレイシアだ。人魚の少女は、嬉《うれ》しそうに顔を輝かせて呟《つぶや》いた。

「潮の匂《にお》いがしますわ」

「え？」

「ユーリ、海の匂いです。海が近いのですわ……！」

普段滅多なことでは声を荒らげないイレイシアが、興奮を抑えきれないというように声を弾ませている。頬《ほお》を紅潮させ、輝かんばかりの笑みを浮かべる姿は、とても魅力的だ。美少女の笑顔はプライスレスです。

「ええ、ここはちゃんとロカの街にある転移門ですよ。さぁ、ここから出て、街に入る手続きをしましょうか」

「了解です」

「手続きと言っても、身分証の確認だけなのですぐ終わりますけどね」

「はーい」

ハローズの言葉に、悠利は素直に返事をした。まだ転移をしたという実感は湧《わ》いていないが、到着したと言われたならばそうなのだろう、と。早く港町を満喫したいなとうきうきするのだった。

「中に入る手続きがいるってことは、ここは王都の建物みたいに街の外にあるんですか？」

「えぇ。転移門を街の中に作ってしまうと、ここでチェックをしないといけないことになるので」

「安全を考えるなら、街の外に作るのが妥当でしょう、ユーリちゃん」

「それもそうですね。街は遠いんですか？」

「いえいえ、すぐそこですよ。なので、お待ちかねの港町は、もうすぐです」

楽しそうに笑うハローズに連れられて、悠利は建物の外へ出た。目の前に広がるのは、青い空、白い雲、どこまでも広がる海。風に乗って潮の香りが鼻腔《びこう》をくすぐる。心なしか、空気の味も違うように思えた。

「海だ……！」

「さぁ、行きましょう。あれがロカの街です。色々な海産物がありますよ」

顔を輝かせる悠利。海から視線をハローズの指差す方向に向ければ、塀に囲まれた街がある。王都のように物凄《ものすご》く高い塀ではないが、それでもそこには見張り台と街を囲む塀と、人々の入場を確認している入り口がある。

塀があるということから、ここは豊かな街なんだなと悠利は思った。魔物の襲撃を警戒し、塀で街を囲ったり、魔物除《よ》けを設置したりと、人々は住処《すみか》を守るために色々な手段を講じているのだ。その中でも、立派な塀を築けるのは豊かな証拠だと教わった悠利である。

「イレイス、何があるか楽しみだね！」

「ええ、とても楽しみですわ！」

初めての港町を前に、悠利とイレイシアはこみ上げるわくわくを抑えきれずに、弾んだ声で言葉を交わすのだった。

◇◇◇

無事に港町ロカへの立ち入りを許された悠利とイレイシアは、目の前に広がる光景に顔を輝かせていた。王都ドラヘルンとも温泉都市イエルガともまた違う雰囲気だ。活気に満ちあふれ、それと同時にどこか雑多で下町の雰囲気を残しているというのが、悠利が抱いた印象である。

だがしかし、決して清潔感がないとか、変な威圧感があるとかではない。

往来を人々の声が飛び交い、エネルギッシュな生活感を伝えてくる。身なりの良《い》い貴人らしき人々もいれば、悠利達のように身軽な恰好で歩いている若者もいる。食材を買い求める主婦や遊びまわる子供達、いかにも海の男と呼ぶべき荒くれめいた雰囲気の人々も闊歩《かっぽ》する、何とも生気に満ちあふれた街である。

「それじゃ、お昼は色々と食べ歩きをしましょうか?」

優しい笑顔で告げたレオポルドに、悠利とイレイシアはこくりと頷《うなず》いた。彼らの足下で、ルークスもこくこくと頷いている。商談があるからと別行動を取ったハローズとは、数時間後に待ち合わせなので、しばらく自由時間なのだ。

「レオーネさん、何がオススメですか？」

「そうねぇ。港町だけあって新鮮な魚介類のお料理が美味《おい》しいわよぉ。あたくしのオススメはアヒージョだけれど……」

「アヒージョ美味しいですよねー」

記憶をたどるようにレオポルドが呟けば、悠利は笑顔で応じた。新鮮な魚介類をたっぷり使ったアヒージョなら間違いなく美味しいだろう。油に魚介の旨味《うまみ》が溶け出して、さぞかしバゲットが進むだろう。想像するだけでお腹《なか》が減ってしまいそうになる悠利だ。

そんな悠利と、穏やかに微笑んだままのイレイシアを見て、レオポルドは困ったように口元に手を当てる。この美貌《びぼう》のオネェさんを困らせる何かがはたしてあっただろうかと、悠利とイレイシアは顔を見合わせる。

なお、別に二人が何かをしたわけではない。ただ単に、気遣いの鬼であるレオポルドが勝手に困っているだけだ。

「あたくしオススメのお店でも良いのだけれど、あのお店は確か、生魚は取り扱っていなかったと思うのよねぇ」

「へ？」

「レオーネさん？」

「あたくしはそこまで興味はないけれど、ユーリちゃんもイレイスちゃんも、生のお魚が好きなんでしょう？」

「「あ」」

その言葉で、二人はレオポルドが何を悩んでいるのかを理解した。理解すると同時に、その優しさにじんわりと胸が温かくなる。

悠利とイレイシアは、《真紅の山猫》《スカーレット・リンクス》でも数少ない生魚を喜んで食べる同士である。今一人、和食大好きなヤクモも生魚を好んで食べる。生食に適した魚は王都ドラヘルンでも手に入るが、好んで生のまま食べるという食文化があまりないのだ。

新鮮な魚だからこそ生のままで楽しみたいと思うのが悠利達であり、新鮮な魚だからこそ軽く火を通してその鮮度の良さを楽しんでいるのが王都の人々である。そのため、生魚を食べることに慣れていないレオポルドがこの港町ロカで食べるのも、生以外の料理なのだ。

「あの、別に無理に生魚のお店じゃなくても良いですよ？」

「何言ってるの。せっかく来たのよ？　食べたいものを、美味しいものを食べてこそでしょ！」

悠利の言葉に、レオポルドは大真面目《おおまじめ》な顔で叫んだ。確かに、わざわざ普段来ないような土地に来たのだから、満足のいく食事をしたいというのは正しい。そしてレオポルドは、悠利とイレイシアの二人にそういった食事を楽しんでほしいと思っているのだ。

とはいえ、自分の知識では二人を満足させる料理を出す店を探すのは難しいと察したオネェは、少し考えてから行動を起こした。彼等の近く、海鮮の串焼き《くしや》きを売っている屋台へと近付いて二言三言会話を交わす。

残された悠利《ゆうり》とイレイシアは、きょとんとしたまま顔を見合わせて首を傾《かし》げた。

「レオーネさん、どうしたんだろうね？」

「何か購入されているようですけれど……」

「海鮮串美味しいから食べるのは良いんだけど、いきなりどうしたのかなぁ……？」

「わたくしにも解《わか》りませんわ」

そんな二人の許《もと》へ、レオポルドが海鮮串を三本持って戻ってきた。いずれも焼きたてなのか、ほかほかと湯気が出ている。

「はい、とりあえず腹ごしらえに一本どうぞ。海老《えび》がオススメって言われたから、とりあえず海老にしたわぁ」

「ありがとうございます。あ、お代……」

「はい、イレイスちゃんもどーぞ」

「ありがとうございます。あの、代金は……」

「ほら二人とも、美味しいうちに食べなさい」

「「……いただきます」」

差し出された、海老の刺さった串を受け取った悠利とイレイシアは、代金を払おうとしたがレオポルドに全力でスルーされてしまった。とりあえず今は美味しそうな海老を食べることにしようと色々と諦《あきら》めた二人だった。レオポルドの押しの強さを彼等はよく知っているので。

尻尾《しっぽ》も殻も付いたままの海老をどうやって食べれば良いのだろうと考える悠利の目の前で、レオポルドは気にせずそのまま海老を齧《かじ》っていた。イレイシアも同じくだ。どうやらこの海老は殻が薄いタイプらしいと理解して、悠利もそのままかぶりつく。

イレイシアが齧っている段階で食べやすいのだろうと思っていた悠利だが、思った以上に軟らかい殻に驚いた。殻というより薄皮のようだ。一応殻の食感はあるものの、焼かれてパリッとしているので簡単に噛《か》み切《き》ることが出来る。そして、その瞬間に口の中に広がったのは海老のエキスだった。

殻の軟らかさに反して、身はぷりっぷりだった。弾力が凄《すご》い。その身を噛み切った途端に、口の中に海老の味がぶわわっと広がるのだ。甘みと旨味をたっぷり含んだ海老だった。味付けはシンプルに塩胡椒《しおこしょう》だが、だからこそ海老の味わいが生きている。

「美味しい……」

「ええ、本当に美味しいですわ」

「流石《さすが》港町よねぇ。新鮮だわ。この海老、鮮度が落ちると殻が硬くなるんですって。今日水揚げされたばかりだから、こんなに軟らかいそうよぉ」

「なるほど……。鮮度は大事ですよね。そして物凄く美味しいです。ところでレオーネさん、これの代金って、」

「そうそう、売り子のお兄さんにアドバイスを貰《もら》ってきたわよぉ」

「……レオーネさぁん……」

代金を払おうと口にした瞬間に、強引に話を逸《そ》らされた。これはもう、どう足掻《あが》いても払わせてもらえないやつだと悠利は理解した。悠利の隣に立っているイレイシアも理解した。串焼きを買うお金ぐらい持っているのに、と思う二人だった。

なお、レオポルド側の言い分としては「串焼きぐらい大人しく奢《おご》られていなさいな。こういうのは大人の役目よ」ということになるのだろう。何となく想像は出来ているのだが、それでも自分の分は自分で払うのが普通じゃないのかと思う悠利だった。お金を持っていない幼児でもないのだから。

しかし、レオポルド相手に言っても無駄であることも、ちゃんと解っている。このオネェさんは人の話を聞かない。いや、話は聞くし、会話も成立するが、自分がこうと決めたときは綺麗《きれい》さっぱり聞く耳を持たない。どの程度かと言えば、アリーの言い分を聞き流す程度には強者《つわもの》である。悠利とイレイシア如《ごと》きでは勝てるわけがない。

「この先の食堂、生魚のお料理も取り扱っているんですって。地元の人がよく行くお店だそうだから、お値段もお手頃《てごろ》で美味しいそうよぉ」

「……えーっと」

「だから、これを食べ終わったらそのお店に向かいましょう？」

「……レオーネさん、前から思ってたんですけど、僕に甘くないですか？」

「今日のあたくしはお目付役とエスコート役を自認しているのよぉ。せっかくだもの、ちゃんと楽しんでほしいのよ？」

ぱちんとウインクをして笑うレオポルドの言葉に、悠利は釣られたように笑った。敵《かな》わないなぁと呟《つぶや》いた悠利の言葉を拾ったのか、レオポルドはふふふと楽しそうに笑う。大人ですもの、とでも言いたげな表情だった。

「それじゃあ、そのお店に行ってから何を食べるか考えるということで」

「ええ、そうしましょう。イレイスちゃんもそれで良いかしら？」

「はい、わたくしは構いませんわ。お心遣いありがとうございます」

「良いのよ。地元の人の行きつけのお店には、あたくしも興味があるもの」

そんな会話をして、悠利達は三人並んで歩きだす。なお、海老を食べ終わった後の串はルークスが処理をしてくれた。屋台に返そうかと思ったのだが、それまで悠利の足下で大人しくしていたルークスが自己主張をしたからだ。生ゴミその他《ほか》の処理は自分の仕事だと思っているスライムなのである。

なお、ひょいひょいと串を伸ばした身体《からだ》の一部で搦《から》め取《と》って吸収していくルークスの姿に、周囲の人々が驚いた顔をしていたのだが、悠利達は誰《だれ》一人として気にしなかった。彼等にとっては見慣れた光景だったので。

レオポルドが屋台の店主に聞いた店は、歩いてすぐのところにあった。庶民派の食堂といった佇《たたず》まいだ。お昼時には少し早いというのに、既にわーわーと賑《にぎ》やかである。どうやら繁盛しているらしい。流石、地元民オススメの店だけはある。

「いらっしゃいませ！　三名様ですね。こちらへどうぞ」

「奥のお席になりますので、気を付けてお進みください」

足を踏み入れた悠利達を迎えてくれたのは、元気いっぱいに挨拶《あいさつ》をする給仕係らしい少年少女だった。顔立ちが良く似ているので、兄弟なのかなと悠利は思った。厨房《ちゅうぼう》へ視線を向けると、彼らと良く似た雰囲気の男女が慌ただしく料理を作っているので、家族経営のお店なのだろう。

案内された席は建物の奥にあるテーブル席だった。四人がけの席だが、三人＋一匹なので丁度良い感じだ。テーブルとイスの高さの関係でルークスにはちょっとイスが低いので、学生鞄《かばん》から取りだしたクッションや毛布などを積み上げて高さを調節する悠利。

……何でそんなものが入っているんだと言わないでください。趣味で作ったクッション（可愛《かわい》い刺繍《ししゅう》を入れたり、レースを付けたり、パッチワークで遊んだりした産物）や、解《ほつ》れを直して片付けたまますっかり忘れていた毛布などです。何でも入る大容量の魔法鞄《マジックバッグ》なので、ぽいぽいそうやって色々放《ほう》り込んでしまう悠利なのでした。ソート機能のおかげで持ち物の把握は出来るのがせめてもの救いである。

「ルーちゃん、高さこれで大丈夫？」

「キュキュー」

「他の人が驚くかもしれないから、騒いじゃダメだよ」

「キュウ」

「あはは。そうだね。ルーちゃんは騒いだりしないもんね」

「キュイ」

悠利の隣にちょこんと大人しく座っているルークスは、そんなことしないと言いたげに身体をぷるぷる震わせて鳴いた。ちょっぴり不満そうな鳴き声だった。思わず悠利が笑って頭を撫《な》でると、満足そうに頷いている。

……なお、周囲の視線は既に集めている。愛らしいスライムなのでそこまで警戒心を抱かれてはいないだろうが、従魔が人間と同席している段階で色々ツッコミがあるのだろう。しかし、悠利達は何一つ気にしていなかった。何しろアジトでもそんな感じなので。

そして、流石客商売と言うべきか、給仕係の少年少女は何一つ気にせずに、メニューを渡して去っていった。注文があれば呼んでくださいと微笑《ほほえ》む姿に、ルークスへの悪感情はなかった。賑わっている港町の食堂なので、色んなお客さんが来るのかもしれない。

「さて、何をいただこうかしらねぇ」

「あ、イレイス、本日のお刺身盛り合わせあるよ」

「カルパッチョも気になりますわ」

「あー、貝の酒蒸しもある……！」

「お魚の燻製《くんせい》もありますのね……！」

レオポルドが優雅にメニューを見詰めている隣で、悠利とイレイシアは顔を喜びに輝かせてわちゃわちゃしていた。魚介類大好きなイレイシアと、外出先で生魚を食べることが出来る喜びに沸いている悠利。同い年コンビは、メニューを見ながらあーでもないこーでもないと唸《うな》っていた。

というのも、彼らはどちらもそれほど食べないのだ。イレイシアは小食だし、悠利もそんなに大量には食べられない。となれば、どのメニューを頼むかは重大問題である。

「魚介のパスタも絶対美味《おい》しいやつ……！」

「アヒージョも美味しいに決まっていますわ……！」

「うー、決められないよー」

「でも、選ばなければいけませんわ、ユーリ」

「うん、そうだね。選ばないと……」

どれにしようとうんうん唸っている二人を見て、レオポルドはくすりと笑った。とんとんとメニューを指で叩《たた》くことで二人の意識を向けさせたオネェは、輝く美貌に相応《ふさわ》しい素敵な微笑みを浮かべて口を開いた。

「食べたいものを頼みなさいな。貴方達《あなたたち》が食べきれなかった分は、あたくしが食べてあげるから」

「「え？」」

「あたくしは生魚はそれほど得意ではないけれど、このお店のメニューで食べられないものはないわぁ。だから、好きに頼みなさいな」

「でも、あれもこれも頼んだら結構な量になりますし……」

こんなことなら大食い担当の誰かを連れてくるんだったとでも言い出しかねない悠利。レオポルドは視線を周囲のテーブルに向け、運ばれている料理のサイズを確認してから口を開いた。

「問題ないわよ、ユーリちゃん。このお店、そこまで大盛りじゃないみたいだから、あたくしでも食べきれるわ」

「……え？　レオーネさんって、まさか大食い……？」

「大食いというほどではないと思うけれど……。……ユーリちゃん、あたくし、胃袋はちゃんと成人男性サイズよ」

「あ」

声を潜めるようにレオポルドが告げた言葉に、悠利はハッとしたように目を見開いた。そういえばそうだった、とでも言いたげな態度である。麗しの美丈夫、天下御免のオネェではあるが、身体は成人男性のレオポルドである。それに相応しい食欲は持ち合わせている。ただ単に、規格外の大食い達ほど食べないというだけで。

そういえば、スイーツを食べるときも僕の倍ぐらい食べてたなぁと思い出す悠利だった。決して太っているわけではないのに、自分よりたくさん食べる姿に驚いた記憶がある。

「えーっと、それじゃあ、メイン以外の料理、三つ四つ頼んでも、大丈夫です、か……？」

「ええ、大丈夫よ」

「よし、イレイス、選ぼう！」

「はい！」

レオポルドに許可を取ったので、悠利とイレイシアはいそいそとメニューに視線を落とした。とりあえず、メイン料理は美味しそうな魚介のパスタをチョイスする。それ以外の大皿料理をどれにするか、相談する二人を見て、レオポルドは楽しそうに笑っていた。

そんなこんなで注文を済ませ、料理が運ばれてくる。結局悠利達が頼んだのは、それぞれが一品として魚介のパスタ（本日のパスタとされており、海老とアサリのトマトソースだった）に、本日のお刺身盛り合わせ、海老《えび》と貝柱のアヒージョ、白身魚のカルパッチョ、二枚貝の酒蒸しだ。

……そこそこの量になってしまったので心配そうに見やる悠利《ゆうり》とイレイシアだが、レオポルドはけろりとしている。ついでに、ルークスがちょろりと身体の一部を伸ばして自己主張をしていた。もしも残ったら全部平らげるつもりらしい。そんなルークスには大盛りの魚介入り野菜炒《いた》めが用意されている。野菜炒めが大好きなので。

「どれも美味しそう……」

「そうねぇ。良《い》い香りだわ」

「美味しいうちに食べましょう！」

目の前に並ぶ美味しそうな料理の数々に、悠利は笑顔で告げた。レオポルドにもイレイシアにも異論はなかったので、二人ともこくりと頷《うなず》いて食事に取りかかる。

悠利とイレイシアが最初に手を付けたのは、お刺身だ。シンプルに素材の味を楽しむ料理であるので、真っ先に食べるべきと判断したのである。

本日のお刺身盛り合わせという名前の通り、盛りつけられているのは統一性のない魚ばかりだった。しかし、いずれも艶々《つやつや》としており、鮮度の良さを感じさせる。醤油《しょうゆ》と塩が用意されており、好きな方で食べるようにということだった。

醤油を少しだけ付けて口に運ぶと、弾力と旨味《うまみ》が一気に広がる。少し分厚く切ってあるので、歯ごたえもばっちりだ。お刺身美味しいと顔を綻《ほころ》ばせながら、悠利もイレイシアも次々口へと運ぶ。

魚の下に盛りつけられているのは千切りの大根と人参《にんじん》で、くるりと青じそで巻いて食べるとシャキシャキとした食感が実に美味しかった。

「お魚あまーい」

「こんなに美味しい生魚は久しぶりですわ」

「美味しいね、イレイス」

「はい」

人魚のイレイシアにとっては、お刺身は食べ慣れた故郷の味にも等しかった。ぱくぱくと二人で食べていると、気付けば刺身の盛り合わせは空っぽになっていた。レオポルドは特に刺身に興味がないので、二人で食べてしまっても問題はない。

そんな二人を見ながら、レオポルドは魚介のトマトパスタを食べている。じっくり煮込まれたトマトソースに、海老とアサリがたっぷりと入っている。海老は火を入れすぎずにぷりぷりのままで、魚介の旨味を凝縮したトマトソースがパスタに絡んで絶妙である。

この魚介のパスタは日替わりメニューらしく、その日の水揚げによって具材と味付けが替わるらしい。クリームパスタの日もあれば、オイルパスタの日もあるという。本日のパスタを楽しみにやってくる客もいる、定番メニューだ。

「レオーネさん、カルパッチョは食べます？」

「そこまで欲求はないわぁ。あ、お野菜は食べたいけれど」

「解《わか》りましたー」

悠利に声をかけられて、レオポルドは笑顔で答える。生魚にはほとんど興味がないのである。それでも、サラダ部分は美味しそうに見えたのか、野菜だけは要求するレオポルドだった。

白身魚のカルパッチョは、刺身と比べて随分と薄く切ってあった。酸味のきいたドレッシングがたっぷりとかかっている。薄いが一切れが大きな白身魚で、悠利はぐるりとサラダを巻くようにして口に運んだ。カルパッチョは生魚と野菜を一緒に食べるから美味しいのだ。

「んー、これも美味しいー」

薄く切られているが、味は申し分なかった。むしろ、薄いからこそサラダと一緒に簡単に噛《か》み切《き》ることが出来る。淡泊でありながらしっかりとした旨味が口の中に広がり、ドレッシングとの相性も抜群だった。

シャキシャキとした野菜の食感と、軟らかな魚の食感が良いバランスだ。二人してにこにこしながら食べている悠利とイレイシアを、ルークスが不思議そうに見ている。そのお野菜美味しいの？とでも言いたげな瞳《ひとみ》である。

「ルーちゃん、どうかした？　もう食べちゃった？　お代わりいる？」

「キュイー」

「あ、これが気になるの？　食べる？」

「キュキュー」

悠利の言葉に、ルークスはぱぁっと瞳を輝かせた。貰《もら》って良いの？　と言いたげである。悠利はカルパッチョをルークスの皿へと入れてやる。ぺこぺこと何度も頭を下げた後に、ルークスは器用にむにっと皿の上にのしかかるようにしてカルパッチョを食べた。

スライムに味覚があるのかは悠利には解らないが、ルークスは時々こうやって悠利が食べているものを欲しがることがある。本人の好物となると野菜炒めのようだが、それ以外でもこうやって興味を示すのは、悠利のことが好きだからだろう。同じものを食べたくなるらしい。

「キュウ！」

「美味しい？」

「キュキュー！」

「あぁ、大丈夫だよ、ルーちゃん。まだ食べるものあるから、それはルーちゃんが全部食べて良いんだよ」

「キュ！」

お返しに、と言いたげに野菜炒めを示すルークスに、悠利は笑って告げる。ルークスの気持ちはありがたいが、悠利にはまだ食べなければならないものがあるのだ。具体的にはメイン料理として頼んだ魚介のトマトパスタとか。

そんな悠利とルークスのやりとりを尻目《しりめ》に、イレイシアは二枚貝の酒蒸しに手をつけていた。大小様々な大きさの二枚貝が入っている酒蒸しだ。ぱっくりと口を開けた貝から身を取りだして口に含む。

瞬間、口の中に広がるのは貝の凝縮された旨味と、酒の風味だった。酒蒸しは酒で具材を蒸し、味付けは塩ぐらいというのが多い。火を入れているので酒の風味を感じても酔っ払うほどではない。そして、そのシンプルな味付けだからこそ、新鮮な貝の美味しさがよく解るのだ。

「貝の旨味が本当に素晴らしいですわ……」

「イレイス、貝買って帰ろうね」

「えぇ」

もぐもぐと二枚貝の酒蒸しを食べながら、悠利とイレイシアは決意を新たにした。こんなに美味しいのなら、是非ともアジトでも食べたいと思ったのだ。そもそも、お刺身などの生魚は仲間達が忌避する可能性はあるが、酒蒸しならば問題はない。貝は普通に食べるので。……しいて言うなら、イカやタコ、海老や蟹《かに》に関しては好みが割れるかもしれないが。

二枚貝の酒蒸しはほどほどに切り上げて、次に手を付けたのは海老と貝柱のアヒージョだ。熱々出来たてを食べるのが美味しい料理かもしれないが、あまりに熱すぎたので後回しになったのだ。油がぐつぐつしていたら、どう考えても火傷《やけど》をしそうだったので。

使われているのはオリーブ油らしく、優しい香りが広がっている。海老と貝柱はごろごろと油の海を泳いでおり、彩りに野菜やキノコが添えられている。たっぷりと旨味を吸い込んだ油は後ほどバゲットに付けて食べるとして、最初に口に運ぶのはやはり海老と貝柱である。

噛んだ瞬間に、芳醇《ほうじゅん》な旨味が口の中に広がる。海老はプリプリで、貝柱は弾力がありながらもほろほろと解《ほど》けていく。オリーブ油以外の味付けは塩胡椒《しおこしょう》という感じだが、素材の旨味が凝縮されているのでそれだけで十分に美味しい。まだ熱いが、その温かさが口の中を幸せにしてくれる。

「これも美味しいねー」

「ええ、本当に。海老も貝柱も食感まで素晴らしいですわ」

「この油でオイルパスタ作ったら絶対美味しいやつだ……」

「ユーリちゃん、貴方ねぇ……」

「ユーリ、それはとても素敵ですわ！」

「……イレイスちゃんまで」

アヒージョの美味しさを堪能《たんのう》していた悠利がぼそりと呟《つぶや》いた言葉に、レオポルドは思わず呆《あき》れたようにツッコミを入れる。だがしかし、いつもなら困ったような微笑《ほほえ》みを浮かべてツッコミ側に回るはずのイレイシアが、賛同していた。どうやら、美味しい魚介類を食べることが出来て、テンションが上がっているらしい。

にこにこ笑顔で食事を続ける悠利とイレイシアの姿に、レオポルドはツッコミを入れるのを諦《あきら》めた。可愛《かわい》い少年少女が、美味しそうにご飯を食べているのだ。邪魔をするのも無粋だと思ったのだろう。

それはルークスも同じだったらしく、とっくに自分用の野菜炒めを食べ終えているものの、邪魔をすることなく大人しく悠利達の様子を見詰めていた。途中でレオポルドの視線に気付いて、キュイと小さな声で鳴く賢いスライムだ。解ってるよという意思表示みたいなものを感じて、レオポルドは思わず口元に笑みを浮かべるのだった。

個別に頼んだ大皿料理を堪能し、メインである魚介のトマトパスタも何とか平らげた悠利とイレイシアは、腹八分目をちょっと越えてしまった腹具合に眉《まゆ》をハの字に下げていた。自分の分のパスタは平らげたものの、大皿料理はまだそこそこ残っている。

そんな二人の様子から食べ終えたと判断したらしいレオポルドは、ひょいと大皿を自分の方へと移動させる。

「レオーネさん、結構残ってますけど、大丈夫ですか？」

「あら、大丈夫よぉ。そんなに味付けの濃い料理でもないみたいだし」

「えーっと、それじゃあ、よろしくお願いします」

「はい、任されましょう」

くすくすと楽しそうに笑うと、レオポルドは優雅な仕草で残った大皿料理に手を付ける。ひょいひょいと口へと運ばれていく料理達。所作は美しいのに、大皿の中身がどんどん減っていくことに、悠利とイレイシアは思わず目を点にした。

決して、急いで食べているわけではない。普段、悠利やイレイシアが見ている大食い達は、一口が大きいし、豪快に食べる。その彼等と比べるのが失礼なほどに、ゆったりと、優雅な食べ方である。

……だというのに、まるで吸い込まれるように料理が消えていくのだ。

「……レオーネさんって、結構早食いだったりします……？」

「別に早食いというほどじゃないと思うけれど……？　あぁ、今はちょっと急いで食べているわよ。お買い物に行く時間が減っちゃうでしょう？」

「……重ね重ね、お手数をおかけします」

まさかの、食事スピードの速さが自分達のためだったという事実に、悠利はぺこりと頭を下げた。

イレイシアも同じくだ。なお、何も関係がないのだが、悠利が頭を下げているので、それに倣うようにルークスも頭をぺこりと下げていた。実に愛くるしい。

「うーん、アヒージョの油が残っちゃってるわねぇ」

「そうですね。でも、もう具材がないです、し……？」

「そこの貴方《あなた》、ごめんなさいね。バゲットの追加をいただけるかしらぁ？」

「注文承りましたー！」

「二切れお願いね」

「はい！」

困ったように口元に手をやって考え込んだレオポルドは、悠利の発言を遮るように店内を移動している給仕係へと声をかける。少女は晴れやかな笑顔で注文を受け、そのまま厨房《ちゅうぼう》へと移動する。その姿を見て、レオポルドは実に満足そうだった。

「……ここでバゲット追加されちゃうんだ……」

「……先程までも、バゲットを食べておられましたのに……」

「……レオーネさんの胃袋、結構大きいよね……」

「わたくし達が小食だというのを差し引いても、健啖家《けんたんか》でいらっしゃると思いますわ……」

「だよね……」

バゲットが届くのを微笑みながら待っているレオポルドを見て、思わず小声でぼそぼそと会話をしてしまう悠利とイレイシアだった。なお、多分聞こえているのだろうが、特に何かを言われることはなかった。自分が二人よりよく食べるのは解っているレオポルドなので、聞き流してくれているのだろう。

優雅に微笑むオネェの食欲に圧倒されつつ、悠利《ゆうり》はふと思った。こんな風にたっぷりしっかり食べているけれど、甘味を見つけたら気にせず食べるのではないだろうか、と。甘い物は別腹という言葉があるが、彼もそういう人種のように思えたのだ。そんなことを考え、僕はちょっとおやつ入りそうにないなぁと思う悠利だった。

その後、届いたバゲットでアヒージョの油を綺麗《きれい》に食べきったレオポルドであるが、それでもまだ腹八分目だというのを知って、遠い目になる悠利とイレイシアなのでした。胃袋の大きさは人それぞれなので仕方ないです。

◇◇◇

「お土産、何を買おうかなー」

るんるんとご機嫌な悠利に、隣を歩くイレイシアは苦笑する。買い付けがあるからと別れたレオポルドには、この区画からは出るなと言われている。しかし、ここだけでも十分にお土産を見繕うことは可能である。主に扱っているのは魚介類なので、張り切る悠利だった。

ちなみに、ハローズとレオポルドとは、彼等が仕事を終えた後にこの区画で合流することになっている。悠利達はこの区画から出ないだけで良《い》いのだ。のんびりと二人と一匹で買い物を楽しんでいれば、仕事を終えた大人二人がこちらを見つけてくれるという寸法である。合流時間を指定出来なかったので、苦肉の策なのだ。

「ユーリ、皆《みんな》へのお土産の前に食材を探しましょうね」

「そうだね！　とりあえず貝は買って帰ろう」

「えぇ」

「……キュ？」

ぐっと拳《こぶし》を握って真剣な顔で頷《うなず》き合う悠利とイレイシア。そんな二人を見上げて、ルークスは不思議そうに身体《からだ》をこてんと傾けていた。人間でいうところの首を傾《かし》げるような仕草である。何をそんな風に一生懸命になってるんだろう？　と思っているのだ。

しかし、悠利とイレイシアにとっては重大問題である。昼食に食べた二枚貝の酒蒸しが大変美味《おい》しかったので、是非とも貝を購入したいと思っているのだ。鮮度の良い貝は貴重だし、それだけでなく身が大ぶりなのだ。食べ応《ごた》えのある貝をゲットして、アジトでも酒蒸しが食べたいのである。

……普段ならばこのモードに入るのは悠利だけなのだが、久しぶりに美味しい魚介類に巡り会ったことでイレイシアも同じようなモードだった。そしてこの場にはハローズもレオポルドもいない。つまるところ、ツッコミ役が不在だった。なんてこったい。

今彼等がいるこの区画は、魚介類の販売を主にしている区画だ。お土産というよりは、日々の食材の方が多そうなイメージである。むしろ悠利にしてみればそちらの方がありがたいと言える。求めているのは日々のご飯に使える魚介類なのだから。

鮮魚だけかと思いきや、加工品も取り扱われている。燻製《くんせい》や干物、オイル漬けや塩漬けなどの瓶詰めから、乾物まで多種多様だ。思わず悠利が目移りしてしまうほどに、見事な品揃えだった。流石《さすが》、港町である。

「とりあえず貝を探すとして、イレイスは他《ほか》に何か欲しいものある?」

「出来れば、生で食べられるお魚が欲しいですわ」

「それは解《わか》る。生食用は僕とイレイシアの分だけで良いかなぁ?」

「ヤクモさんも召しあがると思いますわ。先日、そういうお話をしましたもの」

「そっか。じゃあ、三人前だね」

「はい」

顔を見合わせて楽しそうに笑う悠利とイレイシア。昼食にも美味しいお刺身を食べられたので、彼等の機嫌は大変良かった。そのご機嫌気分のまま、持ち帰り出来るお刺身用の魚を探す決意を新たにしているのだ。

《真紅の山猫《スカーレット・リンクス》》の面々は、魚の生食に興味はない。魚が嫌いなわけではないが、何らかの方法で火を入れたものを食べるのが普通だと思っているので、普段の食卓にお刺身やカルパッチョなどが出ることはない。食べる人がいないので、必然的にそういうものに適した魚を買うことが少ないとも言える。

ただ、悠利はお刺身も喜んで食べる日本人だし、人魚のイレイシアはそもそも魚介類は生で美味しくいただくのが普通だ。火を入れたものも美味しく食べるが、時折生のまま食べたくなるのである。なので、二人だけのお昼ご飯のときなどは、海鮮丼《どん》などを作って堪能している仲間だ。

今一人、和食に似た食文化の国の出身であるヤクモも、魚介類の生食を喜んで食べるタイプだった。悠利は彼とその話をしたことはなかったけれど、イレイシアは何度かそういう会話をしている。生憎《あいにく》とタイミングが合うことがなく、ヤクモが悠利お手製の海鮮丼を食べたことはまだない。

なので、今回は三人分の生食用の魚介類を購入し、ヤクモも交えて食べようというのが悠利とイレイシアの考えである。美味しいものは、それを美味しいと思う同士と一緒に楽しく食べると更に美味しくなると思っているので。

「酒蒸しにするなら二枚貝の方が良いのでしょうか？」

「んー、別に二枚貝じゃなくても大丈夫だと思うよ。ただ、二枚貝の方がこう、ぱかって開くので火が通ったのが解りやすいっていうのはあるかも。貝柱とか海老《えび》とかで酒蒸ししても美味しいんだけど、うっかりやり過ぎると火が入り過ぎちゃうから」

「そうですのね。それでは、お店の方に良い二枚貝を選んでいただきましょう？」

「そうだね」

当座の方針を固めた二人は、視線を周囲へ向けながら、お目当てのお店を探した。幸いなことに、歩いてすぐに彼等は目当てのお店、すなわち美味しそうな貝を売っているお店を発見した。張りのある声で女性が客を呼び込んでいる。

その、下町のおっかさんという雰囲気に悠利は和み、イレイシアはちょっと圧倒されている。ぴたりと店の前で足を止めた悠利達に気付いたのか、女性が人懐っこい笑顔を浮かべて声をかけてきた。

「いらっしゃい、坊ちゃん、嬢ちゃん。何かお探しかい？」

「はい。貝を探しているんですが、見せていただいてもよろしいですか？」

「あぁ、好きなだけ見ておくれ。ただし、触るのはあたしらに声をかけてからにしておくれよ？」

「解りました」

女性の言葉に悠利は素直に頷いた。売り物に勝手に触るのは良くない。ましてや、この店は水を張った入れ物の中にたくさんの貝を入れている。これらの貝はまだ生きているのだ。迂闊《うかつ》に触って弱らせてしまっては大変だ。

ずらりと並ぶのは貝ばかり。悠利達が探している二枚貝もたくさんある。それ以外にも色々な種類の貝があり、魚介類が主食の生活で育ったイレイシアは顔を輝かせていた。懐かしの故郷の味がたくさん、というところだろうか。

ルークスは特に貝には興味がないらしく、悠利の足下で大人しくしている。というか、きょろきょろりと視線を動かして、周囲を警戒していた。側《そば》を離れるときにレオポルドに二人の護衛役を仰せつかったので、やる気満々なのだ。愛らしい見た目に反して戦闘能力は高めのルークスなので、怒らせてはいけない。

そんな風に足下で可愛い従魔が物騒な感じにやる気満々だとは気づきもしない悠利は、イレイシアと二人で貝を物色していた。酒蒸しにするための二枚貝をメインに選びつつ、他の貝にも心引かれてしまうのも仕方ないことだった。美味しいは正義である。

「あの、すみません、質問しても良いですか？」

「あいよ。何だい？」

「酒蒸しに適した貝ってどれですか？　僕達、お昼に食堂で二枚貝の酒蒸しを食べたんですけれど、美味しかったので、家でも食べたいなぁと思って買いに来たんですけれど」

「酒蒸しにするなら、その辺のが良いと思うよ。身が小さすぎると物足りないけれど、大きいと鍋《なべ》を用意するのが大変だろう？　このぐらいが、一番作りやすくて良いと思うがねぇ」

そう言って女性が示したのは、ハマグリサイズの二枚貝だった。見た目はハマグリに良く似ていたが、色が悠利の知っているハマグリとは違うので、恐らくこの辺りの特産品なのだろうなと判断した。

……何しろ、白地に淡い青色の模様が浮かんだ貝など、悠利は見たことがなかったので。

「こいつはアオガイと呼ばれている二枚貝でね。殻の割に身が大きいから食べ応えもあるんだ」

「アオガイ、ですか」

「貝が青いだろう？　だからアオガイさ。学者先生達は小難しい名前を付けちゃいるけどね。あたしらにとっては、この辺で大量に獲《と》れる庶民の味方のアオガイだよ」

からからと笑う女性に、悠利とイレイシアはなるほどと感心した。確かに、庶民にとっては正確な学名など割とどうでも良い。それが食べられるのか、美味しいのか、毒があるのか、ないのか。その辺りの方が重要だ。

「それじゃあ、そのアオガイを二籠分ください」

「あいよ。他はどうだい？」

「そうですねー。どれも美味しそうで悩みますー」

「ははははは。じっくり見て選んでおくれ。今朝水揚げしてきたばかりだから、鮮度には自信があるよ」

「ありがとうございます」

子供の悠利が真剣に貝を物色する姿が面白かったのか、女性は楽しそうに笑う。なお、悠利もイレイシアも本気だった。どの貝をどうやって食べたら美味しいだろうかと真剣に考えている。彼等は新鮮な魚介類に飢えていたので。

そんなこんなで一通り貝の物色を終えた悠利とイレイシアは、大量購入のお礼にとオマケを幾つか貰《もら》い、ほくほくで次の店を目指していた。そう、次の店だ。彼等の買い物はまだ終わってはいない。魔法鞄《マジックバッグ》ならば荷物の多さが気にならないのだから、これはもう買って買って買いまくるべきなのだ。

なお、軍資金はアリーに渡されている食費であるが、足りなかった場合は二人のポケットマネーから支払われることになる。ちなみに、お刺身用のお魚に関しては、自分達のためだけに購入するので、ポケットマネーで支払うつもりの二人である。自分の食べたいものを自分のお金で買えるのは良いことだ。

「くそっ、どうすりゃ良いんだ……！」

「まさか箱ごと落ちちまうとはなぁ……」

「毒が回っちまった個体は売れねぇからなぁ……」

てくてくと歩いている悠利の耳に、何やら悲痛な声が聞こえてきた。どうしたんだろうと首を傾げながら視線を向けた悠利は、盛大にひっくり返った箱と、そこからこぼれたらしい大量の魚に気付いた。そして、それを取り囲んで男性達が困った困ったと言っているのだ。

山のようになって地面に直接転がっているのは、ぷっくりとした魚だった。どこかころんとした愛嬌《あいきょう》のある形は、悠利の知るフグに似ている。それでも、多分普通のフグじゃないんだろうなと思ったのは、フグの頭部に小さな角が見えたからだ。悠利の知る限り、魚に角は付いていないので。

「イレイス、あのお魚知ってる？」

「……いえ、存じ上げませんわ。それよりも、皆様は何を困っていらっしゃるのでしょうか……？」

「何か不測の事態でもあったのかなぁ……？」

外野の悠利達には事情がさっぱり解らない。解らないのだが、目の前でゴミ箱らしき場所に放《ほう》り込まれようとしている魚を見て、悠利は思わず呟《つぶや》いた。本当に思わず、意図せず漏れた本心である。

「えー、あのお魚捨てちゃうのー？　頭の辺りはまだ食べられるのに、勿体《もったい》ないなぁ」

「あら、ユーリ、どういうことですの？」

「あの魚ね、こう、胴体とか尻尾《しっぽ》の方には毒が回ってるみたいだけど、頭に近い場所とかは食べられるから、勿体ないなぁって。煮付けとか出汁《だし》取るのに使ったら絶対美味しそうなのに」

「まぁ、そうなのですね。ですけれど、あちらにはあちらの理由があるのかもしれませんわ」

「そうだけどー、勿体ないなー」

イレイシアの質問に、悠利《ゆうり》はしれっと答えた。皆様お察しの通り、悠利用にアップデートだのカスタマイズだのされているとしか思えない鑑定系チート技能《スキル》である【神の瞳《ひとみ》】さんの仕業である。食べてはいけない食材を示す危険色の赤で毒化部分を示しているので、それ以外は食べられると判断したが故の悠利の呟きだった。

とはいえ、二人はあくまでも外野だ。何か理由があってのことだろうと、渋々自分を納得させる悠利。

……なので、悠利もイレイシアも気付いていなかった。足下にいたルークスが、にゅるんと身体の一部を伸ばして、今まさにゴミ箱に捨てられそうになった魚を確保したことに。

「な、何だ⁉」

「ヲイ、何をやってるんだ……！」

「何か変なのが伸びてきたぞ……！」

「「……え？」」

「キュピー！」

驚愕《きょうがく》する男性達。彼等がゴミ箱に魚を捨てようとするのを、悠利達の足下からルークスが妨害していた。びゅんびゅんと身体の一部を幾つも伸ばして、魚を救出しては別の場所に避難させている。

突然の出来事に、軽いパニックが起こっていた。

目の前の変な光景と、足下から聞こえた何かを張り切っているような鳴き声に、悠利とイレイシアは足下を見た。そこでは、やる気に満ちた表情のルークスがいた。

「る、ルーちゃん、何してるの⁉　ダメだよ、皆さんの邪魔をしちゃ！」

「キュキュー」

「いや、確かに勿体ないとは思ったけど、お仕事の邪魔はダメだってば！」

「キュイー」

「待って、本当に待ってルーちゃん！　確かに毒化してない部分は食べられるって言ったけど、所有権はあの人達にあるから、僕らが邪魔しちゃダメなんだってば……！」

慌ててルークスを抱え込んで、動きを止める悠利。悠利が本気で止めようとしているのが解って、ルークスは渋々伸ばしていた身体《からだ》の一部を元に戻した。ぽとんぽとんと魚達も落ちていく。

腕の中で拗《す》ねたような声で鳴くルークスをあやしながら、悠利は怖々と視線を男達に向けた。仕事の邪魔をされた彼等が怒っているのではないかと思ったからだ。けれど、怒るより先に呆気《あっけ》に取られているらしい。これは説明と謝罪をするべきだと思って、悠利はルークスを抱えたまま小走りに移動した。

「あ、あの、うちのルーちゃ、従魔が大変失礼をしました……！　お仕事の邪魔をして本当に申し訳ありません……！」

深々とお辞儀をする悠利に毒気を抜かれたのか、男性達は顔を見合わせた後に代表者が口を開いた。

「いや、驚いただけだが、いったいそのスライムは何をしたかったんだ……？」

「その、僕が勿体ないって言ったから、捨てられるのを阻止しようと思ったようなんです……。常《つね》日頃《ひごろ》、食材を無駄にするのは良くないと言っているので……」

「……そ、そうか」

勿体ない精神が根付いている少年を奇妙に思ったのか、それともその主《あるじ》の思想の影響をきっちり受けているスライムに反応に困ったのか、男達は微妙な顔をした。イレイシアはしとやかに優雅に一礼をした。うちの規格外が申し訳ありません、という心境だったので。

少しして気を取り直したのか、男性は悠利に向けて諭すように言葉を口にした。

「勿体なく見えるかもしれないが、このツノフグは毒化してるんだ。食えないんだよ」

「あ、いえ。部位によってはまだ食べられるのになぁという意味です」

「……は？」

「その魚だと、頭の部分は無事ですよね？　あっちは下半分は無事みたいですし。そういうのまでまとめて捨てるのは勿体ないなぁと思っただけです」

「「……はぁあああああ⁉」」

「え？」

悠利の説明に、男性達は目を点にした。より詳しい説明をした直後、凄《すさ》まじい叫びが響いた。きょとんとする悠利と、同じくきょとんとしているルークス。イレイシアだけが、何かを察したようにそっと視線を逸《そ》らした。

悠利に話しかけていた男性が、がしっと悠利の肩を掴《つか》む。かなり強い力だったが、痛みを感じるほどではない。ただ、顔が思いっきり真剣だったので、何がどうなったんだろうと驚いている悠利だった。

「少年、君、毒化している部位が解《わか》るのか⁉」

「え、あ、はい。僕、鑑定持ちなので」

「それなら、是非、この魚を全《すべ》て検品してくれないか！　勿論《もちろん》、報酬は支払う！」

「はい……？」

まるで藁《わら》にも縋《すが》るような勢いで言われて、悠利はきょとんとした。お魚の検品？　と首を傾《かし》げている。そんな悠利に、男性達は口々に事情を説明し始めた。

その話を要約すると、こうなる。

元来、ツノフグは強い刺激を与えると直接毒袋に触らなくても毒化する性質がある。毒袋から毒が漏れるのだが、上手に捌《さば》けば毒が回らずプリプリの身が美味《おい》しい魚だ。今回も大漁で、きちんと捌ける料理人相手に売ろうと思っていたところ、箱を一つひっくり返してしまったのだ。

その結果、一気に衝撃を与えられたツノフグは毒化してしまい、廃棄せざるをえない状況に困り果てていた。そこへ、悠利が現れて、部位によってはまだ食べられると言い出したので、切り身の状態でも売りに出せるならと藁にも縋る思いで検品を頼んだということだ。

そんな話を聞かされた、お人好《ひとよ》し代表と仲間達に称される悠利の返答はと言えば。

「僕で良ければ、お手伝いします」

である。

お仕事するの？　と不思議そうな顔で見上げているルークス、穏やかに微笑《ほほえ》みながら、微妙に冷や汗を流しているイレイシア。二人の反応に気づきもしないで、悠利は嬉々《きき》として毒化したツノフグの検品作業に乗り出した。

「こっちのは胸びれから下は無事ですね。あ、そっちのは尻尾の先だけみたいです」

「ふむふむ。この辺りで切り落とせば大丈夫か？」

「もうちょっと上、あ、そこです。そこでズバーッとやっちゃったら大丈夫だと思います」

「坊ちゃん、こいつは胸びれの下のどの辺りから無事なんだ？」

「付け根ギリギリで落としちゃって大丈夫ですー！」

「了解だ！」

悠利が一つずつツノフグの状態を確認して無事な部分を伝えると、男性達が言われた場所で切り落として無事な部分を売り物として確保していく。作業がしやすいように、箱を積み上げて簡易の机を作り、そこにまな板と包丁をスタンバイさせているのは流石《さすが》とも言える。

本来ならば生きたまま丸ごと一匹で売る魚であるが、全て捨てるよりは切り身でも売った方が利益になるということで、皆《みんな》一丸となって作業をしているのだ。悠利も、自分の力が役に立っていると解ると嬉《うれ》しそうだ。

その光景を、少し離れたところで眺めながらイレイシアがぽつりと呟いた。なお、その腕の中にはルークスが抱えられている。

「わたくし、思うのですけれど、これも散々皆様に言われていた騒動になるのではないでしょうか

……？」

「キュー……」

「勿論、ユーリは良《い》いことをしていますのよ。していますけれど、……少し、大事になっているような気が、してしまいますの……」

せっせと検品作業をしている悠利の周りは漁師達で賑《にぎ》わっている。周囲からは、何やってるんだと言いたげな視線を向ける人々もいる。そのただ中にいながら何も感じていないのは流石は悠利と言えた。

ご主人様大好きなルークスも、イレイシアのその言い分を認めるようにそっと視線を逸らした。良いか悪いかは別として、騒動にはなってるなと思ったのだろう。そこの部分は否定出来ない程度には、注目の的だった。

それからしばらくして検品作業は全て終わった。本人はけろりとしているが、悠利がやってのけたのはかなりの離れ業だ。なので、皆の危機を救った悠利は漁師達に感謝され、頭を撫《な》で回され、可愛《かわい》がられている。微笑ましい光景だ。

そう、確かに微笑ましい光景なのだ。子供が大人に可愛がられているというのは、微笑ましい。しかし、である。

「ちょーっと側《そば》を離れただけでこれとか、どういうことなのかしらぁ……？」

「いやー、ユーリくんはユーリくんでしたねぇ」

「…………レオーネさん、ハローズさん、お仕事お疲れ様ですわ」

「ありがとう、イレイスちゃん。で、アレは何かしらぁ？」

悠利の姿を眺めていたイレイシアの背後に、いつの間にかレオポルドとハローズがやってきていた。捜すのに苦労しませんでしたよと困ったように笑うハローズは暢気《のんき》だが、レオポルドは低い声でイレイシアに問いかけてくる。にっこりと微笑んでいるオネェの瞳が半分笑っていないのを見て、イレイシアは思わず息を呑《の》んだ。

そこで彼女を威圧してしまったことに気づいたのか、レオポルドはすぐに表情を改めた。

「ごめんなさい、イレイスちゃん。貴方《あなた》を責めているわけではないのよぉ。ただ、今度はあの子何をやったのか教えてもらえるかしら？　場合によっては対処が必要だし、あたくし、報告義務があるのよ」

「いいえ、お目付役ですもの、当然のことですわ。その、ツノフグという魚が毒化して売り物にならなくなって困っていらっしゃったので、ユーリが食べられる部位とそうでない部位を鑑定して皆様で仕分けをされていたのです」

「ユーリちゃん、貴方何やってるのよぉ！」

いつもの優しい微笑みで問いかけたレオポルドに、イレイシアは静かに、端的に説明をした。お目付役としてアリーに同行を頼まれたレオポルドには、報告義務があるのだ。なので、とりあえず状況を説明したわけである。

その説明を聞いて、レオポルドは思わず叫んだ。叫びは正しく、漁師達にもみくちゃにされていた悠利の耳に届いた。

「はぇ⁉　あ、レオーネさんにハローズさん！　お仕事終わったんですかー？」

「えぇ、無事に終わらせてきたわよ。というか、貴方はどうして別行動をするとすぐに何かをしでかしちゃうの！」

「え？　別にしでかしてないですよ？　ちょっと皆さんのお手伝いを……」

「鑑定技能《スキル》をホイホイ使うのを、子供のお手伝いと同じにしちゃいけないのよ！」

「へ？」

「特に貴方の場合は！」

「何か理不尽！」

レオポルドの言葉にそういうものなのかと納得しかけた悠利だが、最後の一言で思わず叫んだ。それほど奇妙なことをしたつもりはないので、何でそこまで怒られているのかが全然解っていない。あと、何故《なぜ》自分の場合はという注釈が付くのかがさっぱりなのだ。

……まぁ、解っていないのは悠利だけである。その証拠に、イレイシアとルークスはそっと視線を逸らしている。ルークスには鑑定技能のことなどよく解らないが、悠利が日々アリーに様々なツッコミを食らっているのを知っているので、学習している。していないのは当事者の悠利だけである。

「それで、まさか無償でやったりはしてないわよねぇ、貴方？」

「報酬は支払うと言われましたけど、具体的なことは決めてないです」

「普通はそこを決めてからやるのよ！」

「だって、そんな細々したこと話してたら、魚の鮮度が落ちちゃうじゃないですか！」

「貴方って子は……！」

そうじゃないでしょ、と怒るレオポルドだが、悠利《ゆうり》も譲らない。アレは売り物のツノフグなのである。それならば、少しでも鮮度の良い状態で売れる形にしなければ意味がない。漁師達にとっては死活問題だと悠利にも解っているのだ。

その心意気は見事だが、普通、仕事はちゃんと報酬を確認してからやるものである。悠利がやったことは、鑑定持ちが報酬に見合った労働として行うことだ。正しく対価を貰《もら》わなければ釣り合わない。

はぁと盛大に溜息《ためいき》をついた後に、レオポルドは背後に立っていたハローズに向けて声をかけた。

「ミスターハローズ。報酬に関しての交渉は貴方にお任せするわ。適正価格でお願いね」

「お任せください。話を聞くに、きっちり対価をいただいた方が良さそうですしね」

「僕お金あんまりいらないんですけどー」

「お黙りなさい」

空気を読まない発言をした悠利の頭を、レオポルドはぺしんと叩《たた》いた。大人二人はきっちり報酬を漁師達から貰うつもりである。悠利はそれだけの仕事をしたのだ。当人だけがそれをまったく解っていないが。

こちらの様子を窺《うかが》っている漁師達の方へと歩いていたハローズが、途中で足を止めて悠利を振り返った。にこにこと人好きのする笑顔で問いかける。

「ユーリくん、現金ではなく現物支給なら良いですか？」

「え？」

「こちらの皆さんは漁師のようですから、魚介類の現物支給なら君も気兼ねなく受け取れますよね？」

「あ、それは嬉しいです！」

「解りました。では、その方向で交渉してきますね」

待っていてくださいねーと笑顔を残して去っていくハローズ。漁師達と顔を突き合わせて何やら相談を始めるが、悠利がその姿を見続けることはなかった。

何故《なぜ》ならば、ぐりんと頭を掴んで動かされ、視線が合うようにレオポルドに固定されたからだ。

「あのー、レオーネさん……？」

「危なくないことだったけれど、こういうことも一人で勝手にやらないでちょうだいね。変なのに目を付けられたら大変なのよ」

「あ」

「アリーにはちゃんと報告するわよ。まったく。迂闊《うかつ》なんだから」

「えーっと、アリーさん、怒ると思います……？」

しみじみとした風情で口元に手を当てて呟《つぶや》くレオポルド。悠利は恐る恐る彼を見上げて問いかけた。絹るような視線だったが、それを見たレオポルドは端的に答えた。

「特大の拳骨《げんこつ》を落としてくれるんじゃないかしら」

「うぇぇぇぇ……」

「あんまり鑑定能力の高さをひけらかすようなことをするんじゃないのよ、ユーリちゃん。面倒な人達に捕まっちゃったら大変なんだから」

「はい……」

「そんなことになったら、二次被害が恐ろしすぎてやってられないわ……」

「え」

怖い怖いと言いながら身体《からだ》を震わせるレオポルド。自分の心配をしてくれていると思っていたのに、何やら流れが違うような気がした悠利が声を上げるが、返事はなかった。

どういう意味かな？　と確認するようにイレイシアの方を見た悠利であるが、彼女は慎《つつ》ましやかに一礼して視線を逸《そ》らした。唯一ルークスだけがご機嫌の表情で悠利を見てくれているが、それはいつものことなので何の慰めにもならなかった。

僕の扱いっていったいどういう感じなんだろうと、ちょびっと疑問に思ってしまう悠利。そんな悠利だが、ハローズが大量の海産物を現物支給の報酬として交渉してくれたことを知り、疑問も悩みもあっという間に吹っ飛ぶのでした。手に入れた食材で何を作ろうかと考えるのに忙しかったので。

なお、アジトに戻った悠利は、レオポルドから報告を受けたアリーに小一時間お説教をされた。正座で話を聞いたので、足が痺《しび》れて動けないと廊下で倒れる悠利を、ルークスが大切そうに運んで移動する光景が見られるのでした。

閑話一　魚介たっぷり海の幸の天ぷら

天ぷら。

それは、小麦粉などで作った衣で具材を包み、油でカラッと揚げたとても美味《おい》しい料理だ。揚げたてを食べるとサクサクした衣の食感と、中の具材の旨味《うまみ》が合わさって大変美味な料理である。冷めてしまうと少し味が落ちるが、玉子とじにして白米の上に載せれば大変美味しい丼《どんぶり》に早変わりする。魔性の料理である。

ついでに言えば、中の具材は千差万別。様々な食材で楽しめるというのも、悠利《ゆうり》にとってはポイントだった。野菜だろうが肉だろうが魚介類だろうが、天ぷらで美味しく食べることが出来るのだから、ある意味汎用性《はんようせい》の高い料理といえよう。多分。

「と、いうわけで、本日の夕飯は天ぷらです」

「それは解《わか》ったんだけどさ」

「何、カミール」

「具材の山がやばいな、と」

「そうなんだよねー」

あははと笑う悠利に、カミールはがっくりと肩を落とした。彼等の視線の先には、大量の魚介類が用意されている。悠利が港町ロカで手に入れてきた品々だ。今日はそれを使って美味しい天ぷらを作ることにしたのだ。

「天ぷらは揚げるのに時間がかかるし、冷めると味が落ちる上に数が数なので、……本日は人海戦術です」

「……なるほど」

大真面目《おおまじめ》な顔で悠利はすっと傍らを示した。そこには、食事当番であるカミール以外の見習い組がいた。人海戦術という言葉の通りに、夕飯の支度に助《すけ》っ人《と》を召喚したのだ。

「オイラ頑張るよ！」

「まぁ、手伝いぐらい良いけどよ」

「……味見、目当て？」

「何でお前はそういうときだけ聡《さと》いんだよ！」

「そこー、手や足が出るような喧嘩《けんか》は止《や》めてー」

素直に協力を口にするヤックの隣で、ウルグスはちょっと斜に構えたように答える。別に嫌がっているわけでもないので、照れ隠しみたいなものだろうなぁと思っていた悠利であるが、マグの判断は違ったらしい。ぼそりとウルグスを見上げながら一言呟いた。その発言にウルグスが怒鳴り返す。……いつも通りの二人だった。

気を抜くと口喧嘩ではなくて手や足が出る普通の喧嘩になってしまう二人なので、悠利が慌てて仲裁に入る。決して仲が悪いわけではないのだが、お互いがお互いに遠慮がないので、この二人の喧嘩は割と盛大なのだ。傍迷惑《はためいわく》すぎる。

というか、これから料理をしようとしているのに、喧嘩をされると困る。食材は既に準備してあるのだから。

「マグ、ウルグス相手には軽口叩くんだよなー」

「オイラ達には言ってくれないんだよなー」

「アレだろ。まだ完全に内側に入れてないってやつ」

「オイラは仲間だと思ってるのにー」

「マグの心の壁を越えるのは難しいよなー」

「なー」

やれやれと言いたげに肩をすくめるカミールとヤック。茶化すような二人の言動に、悠利は困ったように笑う。この後の展開が予想出来たからだ。

「お前ら、聞こえてんだよ！　おちょくってねぇでこいつをどうにかしろよ！」

「……煩《うるさ》い」

「お前のせいだよ！　基本的に俺が怒ってんのは全部お前のせいだ！」

「……否」

「違うじゃねぇよ！　お前だよ！」

「『今のはウルグスが正しい』」

「……理不尽」

案の定、からかわれたと理解したウルグスが怒鳴る。そしてマグは面倒くさそうな顔をしている。これもいつものことなので、悠利達は何も言わない。彼等は何も言わないが、ウルグスとマグの会話はヒートアップしていく。

しかし、どう聞いてもウルグスの方が正しかったので、外野三人は正直にそれを口にした。見事な異口同音だった。マグがぼそりと文句を口にしたが、全員で黙殺した。

確かにウルグスは血の気が多いガキ大将めいた性質だが、それでも意味もなく怒鳴ったり騒いだりはしない。ちょっと口は悪いが面倒見は良《い》いのだ。マグ相手に怒鳴るのは、マグのウルグスへの扱いが色々とアレだからだ。まぁ、ウルグスは怒りながらもそれを受け入れているのも事実なのだが。そこは言わぬが花ということである。

「はい、じゃれるのはその辺にして、さくさく天ぷら作っちゃうよー!」

「「了解」」

「下処理はカミールと二人で終わらせたから、衣を作ろう」

「「おー」」

悠利の言葉に元気の良い返事が上がった。

天ぷら用の魚介類の下処理は既に終わらせてあるのだ。それだけではない。他《ほか》のおかずももう作り終えている。つまりは、天ぷらを作れば夕飯の準備は完了なのだ。

「ユーリ、小麦粉の隣にあるその粉、何だ?」

「これはねー、米粉ー」

「『コメコ？』」

「えーっと、ライスを砕いた粉だよ。小麦粉とはまた違うんだけどね、米粉を入れるとパリッと仕上がるから」

カミールの質問に、悠利はさらっと答えた。悠利の説明に、ほうほうと四人はボウルに入った米粉を眺めた。米粉は小麦粉よりもきめが細かい。普段使うことがないので、そんな粉があることを彼等は知らなかった。

「こんなの売ってるんだなー」

「……粉マニアさんのお店にあったんだよねー」

「『粉マニア？』」

「うん、粉マニア。色んな粉を取り扱ってる店なんだけど、店主さんが粉が大好きらしくてねー。ちょっと質問したら百倍になって返ってくるぐらいに」

何だそれと言いたげな顔をした皆《みんな》に、悠利は丁寧に説明をした。以前ヤクモとうどんを作るための中力粉を買いに行った店の話である。あのときはさらっと終わらせて帰ってきたが、米粉を買い求めに行ったときに店主の蘊蓄《うんちく》に付き合わされたのだ。大変な目にあったと思っている悠利だった。

とはいえ、品揃えという意味では頼りになるのだ。この辺りでは使わないような粉もあるので、今後もお世話になるつもりではある。

「……オイラ、そのお店には行きたくないかな」

「つか、粉の話聞かされても困る……」

「同意」

「俺はちょっと興味あるけどなー」

「「え⁉」」

悠利の説明を聞いてヤックは遠い目をして呟き、ウルグスは頭を掻《か》きながらぼやき、マグは静かにそれに同意を示した。けれど、カミールだけは反応が違った。

「何で？」

「え？　新しい売り物の情報になるかもしれないし」

「カミール、やっぱり商人になるの……？」

「ならねぇよ？」

「言ってることも、考え方も、商人なんだけど？」

「商人の気持ちが解るトレジャーハンターになる予定」

にやりと笑うカミールに、悠利達は何それと呆《あき》れた。更にツッコミが入りそうなところで、カミールが皆を急《せ》き立てた。そこでハッと雑談に興じていたことに気付いて、悠利は慌てて五つ分のボウルに衣を作る準備をする。

天ぷらは、今までにも作ったことがある。かきあげを作ることもある。ただ、米粉を使って作るのは初めてなので、皆が興味津々で悠利の手元を見ていた。

「基本的には小麦粉と米粉は同じ量ぐらい。今日はカリッと仕上げたいから、ちょっと米粉が多めかな。水は、粉全部と同じぐらいの分量を入れるよ」

「「解ったー」」

それぞれ自分のボウルに粉を入れ、水を入れ、だまにならないように丁寧に混ぜる。硬さは箸《はし》で持ち上げて確かめる。今回はぽたりぽたりと落ちるぐらいにしておく。具材によって粉を加えて硬くしたり、水を加えて軟らかくしたりを調節するのだ。

「それじゃ、各々、天ぷら作成開始ー」

悠利の暢気《のんき》なかけ声で天ぷら作業が開始された。食事当番である悠利とカミールは調理場のコンロの上にかけた鍋《なべ》で。ヤック、ウルグス、マグの三人は卓上コンロの上に鍋を載せて、食堂スペースで作業をしている。

悠利が担当するのは海老《えび》だ。海老の天ぷらは美味しいが、地味に揚げるのが難しい。火を通しすぎると硬くなるので、余熱で火が通るのも計算して作らなければならないのだ。

海老の尻尾《しっぽ》を指先で摘まんで、身の部分に衣を付ける。無駄な衣をボウルの端に軽く揺さぶるようにして沿わせながら落とすと、熱した油の中にゆっくりと落とす。途端に、じゅわわ、ぱちぱちという音が響く。

油の中で海老がくっつかないようにしつつ、同じ要領で次々と投入していく。入れ終えたらしばらく音を聞きながら、ぱちぱちという音が少し小さくなったタイミングで引き上げる。元々鮮度の良い海老を買い求めているので、それほど真剣に火を入れなくても大丈夫なのもある。

油切り用の網が入ったバットに海老を引き上げると、ぷりっとした身が転がった。尻尾が鮮やかに色付き、真っ白な衣との対比が実に綺麗《きれい》だ。また、薄い衣の向こう側に火の通った海老の赤い色が透けて見えて、食欲をそそる。

　味付けは塩と決めているので、揚げたての海老の天ぷらにぱらぱらと塩を振る悠利。他の面々も、揚がったらバットの上に引き上げて塩を振っている。

「火傷《やけど》に気を付けるのと、揚げ続けててしんどくなったら休憩してね」

「火傷はともかく、しんどくなるのはユーリじゃないのか？」

「え、カミール、それどういう意味？」

「いや、俺らの中で一番食が細いのユーリじゃん」

「……あ」

　皆に注意喚起をしたはずが、どう考えても該当するのが自分だったことに気付く悠利。てへっと笑う悠利に、カミールは無理すんなよとカラカラと笑う。

　雑談をしながらも作業の手を止めることはなく、全員分の天ぷらをせっせと作り上げる悠利達。美味しそうな匂《にお》いに釣られて仲間達が食堂に顔を出すのもご愛敬《あいきょう》だ。

　そんなこんなで完成した、本日の晩ご飯。新鮮な海の幸をたっぷり使った天ぷら盛り合わせである。

　盛り合わせと言っても、一人ずつ盛りつけてはいない。種類ごとに大皿に盛りつけ、カウンターに並べてある。全員に一種類ずつ盛りつけても良かったのだが、好みもあるだろうということでこういう形になった。各々、自分の欲しい天ぷらを取りに行くスタイルである。

「天ぷらには塩が振ってありますが、味が薄かったら各々自分で調節してください。それでは、いただきます」

「「いただきます」」

唱和の後は皆がそれぞれ自分のお目当ての天ぷらへと突撃する。海老以外は魚で、色々な種類の魚が天ぷらになっている。小魚は丸ごとで、大きな魚は切り身だ。どれも実に美味《おい》しそうである。

本当は肉や野菜の天ぷらも添えようと思っていたのだが、気付けばかなりの分量になっていたので、見送ったのだ。その代わりに、炒《いた》めたり茹《ゆ》でたりした野菜を用意したので、バランスとしては問題ないだろう。

「海老ー」

悠利が最初に選んだのは、自分が頑張って揚げた海老の天ぷらだ。新鮮なことが解《わか》っているので、火が通り過ぎないように頑張ったのである。不必要に曲がらないように、筋をぷちっと切ったり、背わたを丁寧に取り除いたりしたので、食べるときの美味しさはひとしおだ。人間、自分が頑張って作ったものはより美味しく感じるものなので。

口に含んで噛《か》むと、海老の弾力が歯に伝わる。米粉を多めにして作った衣はパリッと仕上がり、反面火が通り過ぎないように注意して作った結果、海老の身の部分はぷりぷり食感を残している。ほんのりとした塩味と、海老の甘みが口の中に広がって絶品だ。

ぱくぱくと口の中へ放《ほう》り込み、最後に残った尻尾の部分。食べない人もいるが、悠利は結構好きなのでそのまま口に放り込み、バリバリと噛み砕《くだ》く。海老の尻尾にはカルシウムがあるからちゃん

と食べるのよと言われて育った結果である。食感の違いも楽しい。

ついでに、幾つ食べたかの証拠隠滅にとても便利だ。釘宮《くぎみや》家は女性の方が多かったのでそこまで取り合いにはならなかったが、誰《だれ》が幾つ食べたか解る状態だと争奪戦が大変である。今みたいに。

「レレイさん、海老、何匹目ですか⁉」

「えー？　解んないー。尻尾も美味しいよねー！」

「諦《あきら》めろ、ウルグス。そいつ、尻尾も残さず全部食べてるから、本人も把握してない」

「……つまり、自分の分を確保しろと」

「……そういうことだ」

旺盛《おうせい》な食欲を発揮しているレレイ相手にウルグスが問いかけるが、返事は予想通りの能天気なものだった。そんな会話をしている間も、レレイの胃袋にどんどんと海老が収められていく。尻尾もきっちり食べるレレイなので、もはや誰にも彼女が幾つ食べたのかが解らない。

対処方法は、自分の分は先手必勝で確保することだと理解したウルグスとクーレッシュは、レレイが食べている間に自分の分を確保しに走った。割とよく見られる光景である。《真紅の山猫《スカーレット・リンクス》》における大皿料理とは、弱肉強食の末に勝ち取るものなので。

「ツノフグの天ぷら美味しいー」

「身がふわふわとしていますわね」

「ねー」

一口サイズの切り身にしたツノフグを天ぷらに仕上げたのだが、ふわふわとした身の食感がとても美味しい。全体的に淡泊な白身の味わいなのだが、口の中でふわりと解《ほど》けるような軟らかな食感が、衣のパリッとした食感と合わさってとても美味しいのだ。

顔を見合わせてにこにこしている悠利《ゆうり》とイレイシアの正面で、アリーも同じようにツノフグの天ぷらを食べている。ちなみにこの大量のツノフグは、毒化していない部位を見分けるのを手伝ったお礼として分けて貰《もら》ったものだ。使いやすいようにその場で捌《さば》いて、綺麗な切り身にして貰ったのである。

そう、悠利の労働の対価は、きっちり現物支給だった。他にも色々と貰っている。相場通りなのかは悠利にはさっぱり解らないが、ハローズが交渉をしてくれたので問題ないのだろうと思っている。ハローズおじさんは凄腕《すごうで》の行商人さんなので。

「そういや、お前がツノフグの毒化を見分けたときの話だがな」

「……何でしょうか」

「別に今更これ以上説教したりはしねぇよ。俺が気になったのは、よく相手がお前の言い分を素直に信じたなってことだ」

「へ?」

「その場に鑑定持ちがいなかったなら、お前の能力の高さも言っていることが正しいかも解らんだろうに。何ですんなり信じたんだ?」

「あぁ、そのことですか」

アリーに声をかけられた悠利は、居住まいを正して真顔になった。けれど、続いたアリーの言葉にきょとんとした。てっきり追加のお説教が来るのかと思ったのだが、違った。予想もしていなかった質問なので、反応が遅れる悠利だった。

噛み砕くようにアリーに言われて、悠利はやっと意味が解ったと言いたげに頷《うなず》いた。アリーの疑問は尤《もつと》もだ。悠利の見た目はどこからどう見ても子供。それも、背が低いのと童顔なのとあいまって、実年齢よりも幼く見られる。そんな彼が優れた鑑定能力持ちだと理解して貰うのは、難しい。

王都ドラヘルンでは、「アリーの秘蔵《ひぞ》っ子《こ》」という意味で鑑定能力の高さを認識されている悠利である。裏を返せば、その事情を知らない人にしてみれば、見た目通りの子供としか認識されない。当人がぽやぽやしているので、全然凄腕に見えないのだ。

なので、その悠利がどうしてすんなり信頼されたのかと思ったらしい。なお、勿論《もちろん》ちゃんと理由がある。

「実は、あの漁師さん達は毒化しているかどうかを見分ける道具は持っていたんです」

「ん？」

「ただ、個体単位で判断する道具なので、部位で大丈夫かは解らないということで」

「……あー、つまり、お前の意見を聞き入れて無事な部位を確保した後に、自分達の道具で毒化していないかを確認するつもりだった、と」

「みたいです。とりあえず、ダメ元でやってみようってことだったみたいで」

結果は大成功だったわけだが、そのときの漁師達は、一か八かぐらいの気分だったらしい。全《すべ》てを捨てるぐらいならば、可能性に賭《か》けてみたのだ。ちなみに、毒化を調べる道具でも、普通のレベルの鑑定技能《スキル》でも、個体単位で毒化を判断するので、部位判定は出来ない。

……まぁ、鑑定技能でも高レベルだったり、アリーのように【魔眼】を有していたりすれば、その辺りの融通が利くかもしれない。しかし、一般的に考えて鑑定技能で出来る範囲をちょっと超えていた。安定の【神の瞳《ひとみ》】さんクオリティだ。

「半信半疑だったみたいなんで、全部終わった後に思いっきり感謝されましたねー」

「お前の場合、見た目と能力の高さが一致しないからな……」

「技能に関しては僕の管轄じゃないので……」

「お前の技能なんだからお前の管轄以外の何物でもないだろうが」

「いやでも、僕がどうこうしてるわけじゃないので……」

「持ち主が何を言うか」

「えー……」

悠利がそろっと目を逸《そ》らして現実逃避のように告げるが、アリーは容赦してくれなかった。普通に考えて、技能は所持者に責任があるはずである。少なくとも、その技能を使っているのは所持者なのだから、悠利の言い分は通らない。

そもそも、【神の瞳】さんは悠利に合わせて色々とアップデートしているので、アリーの指摘は間違っていない。悠利が望んで調整しているわけではないが、どう考えても悠利の使い方を学習して勝手に進化している感じだ。結論として、悠利が普通に使えば普通になるはずという理屈である。

「アリー、食事中に小言は止《や》めろ。不味《まず》くなる」

「お前はちょっとぐらい不味く感じて食事量落としても問題ないと思うが？」

「俺は俺の身体《からだ》に対しての適量しかとっていない」

「ブルックさんって、見た目は割と細いのに思いっきり食べますよね……。それだけ食べてるのに、何で太らないいんですか……？」

それまで黙って食事をしていたブルックがアリーに苦言を呈する。それに返されるのは面倒くさそうな返事だ。なお、ブルックは淡々と答えているが、彼が既に食べている分量はかなりのものである。

レレイは賑《にぎ》やかに食べるので人目につくが、食事量で言うならばブルックも負けてはいない。いつも、黙々と静かに食べているので皆《みんな》が気付かないだけだ。今日もしれっとお代わり何回目だろう？　みたいな感じで天ぷらを食べている。

なお、ブルックが食べても太らないのも、レレイと同じく種族特性だ。あと、ブルックは細身に見えるだけで筋肉はあるので、そちらに回されている可能性もあった。

「以前食べたツノフグよりも美味しいな」

「そうなんですか？」

「あぁ。あのときのはあまり美味しくなかった」

ツノフグの天ぷらを食べながらブルックが告げた言葉に悠利が問いかけると、穏やかに返事がくる。そうなんだーと暢気に思っていた悠利だが、続いた話に顔を引きつらせた。

「いや、お前が食ったツノフグ毒化してただろうが。平気な顔して食ってたが」

「ピリピリしたな」

「その程度で済んでるお前がおかしいんだよ。かなり強力な麻痺《まひ》毒だからな」

「え？　ブルックさん、毒効かないんですか⁉」

アリーのツッコミにブルックはしれっとしている。ツノフグの毒は麻痺毒で、それなりに強力である。常人ならば、毒化した部位を食べれば動けなくなるし、下手をすれば心臓麻痺などで死ぬ。それぐらい怖い毒である。

なので、それを食べてピリピリしたとか言っていられるブルックがおかしいだけだ。あまりの衝撃に悠利が叫ぶが、彼は悪くない。イレイシアも驚いて目を見開いている。

「別に全ての毒が効かないわけじゃないぞ。一定の毒物に耐性があるだけで」

「毒物に耐性って……」

「毒耐性って技能があるからな」

「なるほど……」

ブルックの返答をアリーがフォローする。素直に頷いた悠利だが、アリーがすかさずフォローしたことにより、疑問を覚えた。もしやそれは技能ではなく、種族特性とかそういうのではないのか、と。

とはいえ、ブルックが竜人種《バハムーン》であるというのは秘密なので、それ以上は何も言わなかった。人の秘密を勝手に口外してはいけないのだ。

ちなみに、悠利の予想は当たっている。竜人種《バハムーン》は戦闘特化種族なので、他《ほか》の種族よりも頑丈に出来ているのだ。その頑丈さの一つに、特定の毒に対する耐性というものがある。割と普通に敵に回してはいけない種族なのです。

「とりあえず、お前もお代わりするなら早く取ってこいよ。なくなるぞ」

「はっ……！　イレイス、お代わり行こう……！」

「そうですわね。なくなってしまいますわ……！」

アリーの言葉に、悠利とイレイシアはハッとしたように席を立った。食の細い二人だが、今日のメインディッシュは魚介類の天ぷらだ。魚介類大好きの二人としては、もうちょっと食べたいところだ。

その後、放っておくと腹ぺこ軍団に食べ尽くされてしまうので。新鮮な魚介類で作ったたくさんの天ぷらは、皆に大変好評で全て売り切れるのでした。

なお、毒耐性という技能に憧《あこが》れを持ったらしい一部の者達に、ブルックがしばらく質問攻めされるのでした。持っていたらとても便利そうな技能だったので。

第二章　今日もお家《うち》ご飯が美味《おい》しいです

「うーん……」

台所の作業台の前で唸《うな》っている悠利《ゆうり》。その目の前には、大量の大根が積み上げられていた。しかも、どれも太くて立派である。美味しそうな大根であることは間違いない。

ただし、悠利が唸っている通り、無駄に量が多い。どうやってこれを消費しようかと悩んでいるのだ。

大根は美味しい。煮ても炒《いた》めても美味しいし、汁物料理にも使える。大根おろしのように生で食べられるのもありがたい。素材そのものの味はそこまで癖がないので、どんな料理にも上手に合わせることが出来るというのも利点だろう。

とはいえ、大量消費出来るレシピとなると、別の話だ。大根は結構かさの高い野菜なので、大量消費をしようとすると困ってしまうのだ。

「あまりに見事だったからあの子から貰っちゃったけど、この量どうしようかなぁ……」

困ったように悠利がぼやく。悠利が口にする「あの子」というのは、採取系ダンジョン収穫の箱庭のダンジョンマスターのことだ。近隣の人々と仲良くしたい、たくさんの人に遊びに来てほしい、という考え方のダンジョンマスターの影響を受けた彼のダンジョンは、どっからどう見ても農園みたいなレベルで食材が手に入る不思議スポットだった。

そのダンジョンマスターと、悠利とルークスはお友達である。何でそんなもんと友達になってるんだというツッコミは止めてほしい。気付いたら仲良くなっていたのだ。餌付《えづ》けした結果かもしれないが、餌付けしなくても興味を引いていたので友達になったのは多分必然である。

さて、そのダンジョンマスターであるが、お友達認定をした悠利が遊びに行くと、お土産に野菜をくれるようになってしまったのだ。別にくれなくても勝手に採取ゾーンで収穫するのだが、それとは別に食材が用意されているのである。

どうやら、悠利が手土産としてお菓子やお弁当を持って行くことに対する感謝らしい。相手の好意が解《わか》るので無下には出来ないし、そもそも立派なお野菜を出されて拒絶する理由が悠利にはなかった。美味しそうな食材というのは、悠利ホイホイである。

そんなわけで、今、悠利は大量の大根を前にレシピを必死に考えているのだ。

「……大量」

「あ、マグ。勉強終わったの?」

「諾。……食材?」

「うん。夕飯にこの大根で何か作ろうと思うんだけど、大量消費出来る料理が思いつかなくてねー」

いつの間にか近寄ってきていたマグの独り言を聞いて、悠利は慌ててそちらを見る。悠利の問いかけにマグはこくりと頷いて答え、大根を示して端的に問いかけてくる。相変わらず会話に使用される単語が少なすぎるが、意味は通じているので問題ない。

今日の食事当番はマグなので、勉強を終えて真っ直《す》ぐやって来たのだろう。そのマグは、大量の大根を見詰めながらぼそりと口を開いた。

「大根おろし？」

「いやー、この量を大根おろしで食べるのは大変だと思うよ……？」

「削ると、減る」

「まぁ、確かにね。大根おろしにしたらかさが減る気がするけど」

マグの提案に、悠利は確かにと納得した。固形のまま煮物や炒め物にするよりは、すり下ろした方が分量が減ったような気がする。というか、すり下ろすと消化しやすいからなのか、たくさん食べられる気がするのだ。

とはいえ、大根おろしを一人当たり丼鉢《どんぶりばち》に山盛りというわけにもいかない。この大根が大根おろしにしても美味しいのは解っているのだが。何しろ、収穫の箱庭の食材は、迷宮食材と呼ばれるダンジョン産の食材の中でも特に美味しいのだ。その上、ダンジョンマスターが厳選した大根である。美味しいに決まっている。

「冬場だったら迷わずみぞれ鍋《なべ》にするんだけどなー。夏に鍋は熱いから無理だしー」

「みぞれ鍋？」

「鍋に大根おろしを大量に入れて食べる料理だよ」

「……熱い」

「うん。熱いから無理だよね。暑い時期に熱いものを食べるのはちょっとね」

夏真っ盛りにみぞれ鍋を食べるのはちょっとご遠慮したい。なので、別の料理を考えなければいけない。何かないだろうかとうんうん唸っていた悠利は、ハッとしたように顔を上げた。

「そっか、大根餅《もち》にしちゃえば良《い》いんだ！」

「……大根餅？」

「この間、蓮根餅《れんこんもち》作ったでしょ？　アレの大根バージョンだよ」

悠利の言葉に、マグは記憶を探るようにこてんと首を傾《かし》げた。しばらく考えて、思い出したようにポンと手を叩《たた》いた。そして、口を開く。

「もちもち」

「そう、もちもち」

他にイメージがなかったのか、実に端的な感想が戻ってきた。確かに蓮根餅はもっちりもちもちで美味しいので、間違ってはいない。マグに通じたことで一安心した悠利が次の行動に移る前に、マグが言葉を投げかけてきた。

「餡《あん》かけ？」

じぃっと見詰めてくる赤い瞳《ひとみ》は真剣だ。その真剣さのまま、マグは口を開く。

「……餡かけが良いの？」

「出汁《だし》」

「……まぁ、熱々にしなければ餡かけでも大丈夫かな」

出汁が大好きなマグである。和風の餡かけならば出汁を堪能《たんのう》出来ると思ったのだろう。熱意に負ける形になった悠利だが、確かに大根餅の餡かけは美味しいので細かいことは気にしないことにした。考えたら負けである。

「それじゃ、大根餅を作るから、大根をすり下ろすよ」

「諾」

「待って。マグ待って。何で回れ右するの」

「適材適所？」

何を当たり前のことを言っているんだと言いたげな態度のマグに、悠利はがっくりと肩を落とした。腕を掴《つか》まれているので動けないマグは、早く放してほしいと言いたげに腕を小さく揺すっている。

しかし、悠利としてはちょっと待ってと言いたいのだ。今日の食事当番は悠利とマグだ。なので、大根おろしを作るのは彼ら二人の仕事。それなのに、颯爽《さっそう》と別の誰《だれ》かを連れてこようとするのは勘弁してもらいたかった。

「とりあえず、出来る限りは二人でやろうよ。疲れたら援軍を呼ぶってことで」

「適材適所」

「そうやって、力仕事の度にウルグス引っ張り出してたら可哀想《かわいそう》でしょ」

「……？」

「はいそこ、何で？　っていう顔しないの！　ほら、大根おろし作るから、手を洗って！」

「……諾」

悠利に急《せ》かされながら手洗いに向かうマグは、やはりいまいち解っていなかった。彼にとって、小柄な自分に向いていない力仕事は全部ウルグスに丸投げするのが当然らしい。適材適所と言っているが、どう考えても甘えとか我が儘《まま》とかそういうのだ。

まったくもうと困ったように呟《つぶや》きながら、悠利は大根おろしを作る準備に取りかかる。まず必要なのは、すり下ろした大根を入れる大きなボウルだ。次に、おろし金。そして、最後の手順は大根を使いやすい大きさに切ることだ。

ヘタと根を落とし、大根一本をまず三等分ぐらいにする。手にしたときに長すぎると作業がしにくいので、持ちやすさを考えて長さを調節する。次に、三等分にした大根を縦に四分割する。そうすると、長方形っぽい形の大根が出来上がる。ちょうど、悠利やマグが簡単に握れるぐらいの太さだ。

この大きさにすると、皮が剝《む》きやすい。曲線に沿って皮を剝くのも悪くはないが、大根がある程度の長さだと包丁が立てにくいのだ。しかし、縦に四分割しておくと、真っ直ぐに皮が剝ける。しょりしょりと皮を剝く悠利の手つきも軽やかだった。

「皮剝き？　切り分け？」

「あ、それじゃあ、僕が皮を剝くから切り分けてくれる？」

「諾」

自分の担当作業を聞いてくるマグに、悠利は切り分けをお願いした。分担すると効率が良い。何しろ、大量の大根を相手にしなければならないのだ。

　そうして、二人で黙々と準備にとりかかり、悠利が使おうと決めた分の大根は全《すべ》て切り分けられた。どどーんと積み上がっているので圧迫感が凄《すご》い。これを全て大根おろしにするのだと思うと、圧が強烈だった。

「それじゃ、頑張って大根おろし作ろう」

「諾」

「あ、でも、手が疲れたら無理しないで援軍呼ぶから言ってね？」

「諾」

　お互いに無理をしないこと、という約束をして、二人は大根おろしの作成に取りかかる。ひたすら、ひたっすらに大根をすり下ろすだけの作業だ。合間合間に雑談をしつつも、なかなかに重労働である。

　立ったままでは疲れてしまうので、椅子《いす》を持ってきて座って行うことにした。大根は多少力を入れなければすり下ろせないが、座っているだけでも随分と楽になる。無理は禁物を合い言葉に、二人は頑張った。

「出来たぁ……」

「疲労……」

「そうだね、ちょっと疲れたねー」

　ボウル二つに入った大根おろしを確認して、二人は伸びをした。ずっと腕を使っていたので、筋肉が変な形で固まっているような感じなのだ。ぐーっと伸びをするとちょっと楽になった。

「それじゃ、次の作業だね。この大根おろしを、水気を切って別のボウルに移します」

「全て？」

「別に完全にじゃなくて良いよ。ただ、このままだと水分が多すぎるからね」

「諾」

すり下ろした大根は、このままでは水気が多すぎて大根餅に出来ないので、別のボウルに水分を切って入れる。スプーンやお玉でボウルに押し付けるようにして水気を切って移動させるという地道な作業を終えれば、次の準備だ。

下味として塩と和風の顆粒《かりゅう》出汁をぱらぱらと入れて混ぜる。ほんのり味が付くぐらいにしたら、そこに片栗粉《かたくりこ》を投入する。この片栗粉でバラバラになってしまう大根おろしを固めるのだ。このとき、水気が足らず上手に混ざらなければ先ほど取り除いた大根おろしの汁を足すことで調整する。緩い場合は片栗粉を足せばオッケーだ。

全体を混ぜ合わせて良い感じの強度になったなら、一つずつ形を作っていく。今回は揚げ焼きにする予定なので、平べったく作る。形は丸でも四角でも楕円《だえん》でも構わないのだが、丸や楕円の方が作りやすかったのでその方向で作る。

形を作ることが出来たら、次は揚げ焼きだ。

「揚げ焼きにするから、フライパンにちょっと多めにごま油を入れてねー」

「諾」

とぷとぷとフライパンにごま油を入れて、温める。温まったらそうっと大根餅を並べていく。ジユージューという香ばしい音が響き、ごま油の食欲をそそる匂《にお》いが鼻腔《びこう》をくすぐった。

片面がこんがりと焼けたらひっくり返して、同じようにきつね色になるまで揚げ焼きにする。中身がほぼ大根なので、そこまで真剣に焼く必要はない。どちらかといえば、壊れないように焼いて形を固定する作業に近いだろう。後、きつね色になっていると美味《おい》しそうなので。

焼き上がった大根餅を大皿にぽいぽいと並べ、次の大根餅をフライパンに入れる。その間に、焼き上がった大根餅を小皿に取りだして二人で味見タイムだ。熱々なので気を付けつつ、かぷりと齧《かじ》る。

「んー、やっぱりごま油で焼くと美味しい」

「もちもち」

「うん、片栗粉を入れたからね。味は大丈夫？」

「出汁、美味」

「お気に召して何よりです」

片栗粉が入っているのでもっちりとした食感だが、噛《か》み切《き》れないほどに硬いわけではない。下味として塩と顆粒出汁を入れているので、ごま油で焼いただけだが大根そのものの旨味《うまみ》と合わさってそれだけでも十分に美味しい。揚げ焼きしやすいように平べったく作ったのだが、カリカリともちもちのバランスが絶妙だった。

黙々と味見用の大根餅を食べ終えた二人は、顔を見合わせた。こくりと頷《うなず》き、大量の大根餅を揚げ焼きにすることに専念する。美味しかったのでやる気が出た二人だった。

そして、夕飯の時間である。

皆《みんな》の視線は、平べったいきつね色の物体と、それにかけられたとろりとした餡に向いていた。これは何だろう？　と言いたげである。初めて見る料理なので仕方ない。

「これは大根餅です。この間作った蓮根餅の大根バージョンだと思ってもらって良いです。一応下味を付けてあるんですけど、餡かけにしたら美味しいかなと思って餡かけにしてます。お代わりの分は、そのまま食べるか餡かけにするか自分で選んでください」

悠利《ゆうり》の説明に、皆はなるほどと頷いた。蓮根餅と形は違うが、似たようなものだと解《わか》れば不安もない。まぁ、そもそも《真紅の山猫》《スカーレット・リンクス》の面々は、悠利の作る食事に絶対の信頼を置いているのだが。

美味しいは正義です。

マグが希望した餡かけなので、味付けは和風だ。昆布と鰹節《かつおぶし》で出汁を取り、酒、塩、醤油《しょうゆ》で味を調えている。少し甘い方が良いかなという判断で、隠し味程度にみりんも入っている。ほんのり甘いすまし汁といった感じの餡に仕上がっている。

器の中で大根餅を食べやすい大きさにし、とろりとした餡を絡《から》めて口に運ぶ。大根餅のもちもちとした食感と、表面のカリカリと、それらをしっとりと包み込む餡の風味が良いバランスだった。そのまま食べたときほどのカリカリ感はなかったが、餡をかけてそれほど時間が経《た》っていないので、まだふやけてはいない。

もちもちとした食感と、そうでありながら口の中いっぱいに広がる大根の旨味に、皆は満足そうだ。……特に、出汁が大好きなマグは黙々と食べている。小柄な身体《からだ》のどこに入るのだろうと思う程度には、延々と食べていた。

「……マグ、相変わらず身体の大きさと食事量が見合ってない気がするんだよねぇ……」

「ん？　動いてるからそれで消費してるんじゃないの？」

「食べても食べても太らないレレイと一緒にしちゃダメだと思うんだ、僕」

「あたしは食べた分は動いてるから太らないだけだよ！」

「その食べてる量がえげつないって話だっつーの。お前お代わり何個持ってきてんだよ」

「え？　六個」

「『多い』」

悠利の独り言に、隣で食事をしていたレレイが口を挟む。それに対して、悠利は大真面目《おおまじめ》な顔で答えた。レレイは本当に、見た目と食べる量が一致しない、の見本だ。ブルックもその気があるとはいえ、あちらは体格の良い成人男子。活発な雰囲気の可愛《かわい》い女性に分類されるレレイの大食漢っぷりは、かなりのギャップである。

それを示すように、お代わりとして彼女は大根餅《もち》を六個持ってきていた。最初に三つずつ用意されていた大根餅は、決して小さくはない。片栗粉が入っているのでもちもちだし、もちもちしているということは腹持ちも良いということだ。なのにお代わりが六個。安定のレレイだった。

「だってこれ、美味しいもん。あたしねー、餡かけじゃなくてこのまま食べる方が良いかもー」

「その辺は好みだからね」

「確かに、餡をかけなければ、この表面のカリカリしたの堪能《たんのう》出来るしな」

「餡かけじゃない方が食べやすいしね！」

「「そっち!?」」

食感の違いが理由だろうかと思っていた悠利とクーレッシュは、レレイの無邪気な一言に思わず叫んだ。優先される部分がそこな辺りがレレイだった。安定すぎる。

確かに、餡《あん》かけの場合は汚さないように気を付けなければいけない。それに比べれば、何も付けない状態の大根餅はばくばくと食べることが出来るだろう。だからといって、まさか日常の食事で食べやすさを優先されるとは思わなかった二人だった。

「そういや、これ、別の味でも作れるのか？」

「出来るよ。中に具を入れて作るのもあるし」

「具？」

「ベーコンとか、乾燥した小海老《こえび》とか、ネギとか、ニラとか？　自分の好きな具材入れれば良《い》いと思うよ。大根って割と何とでも合うし」

「なるほどなー。味付けとか具材替えたら、それだけで別の料理みたいになるな」

「そうだねー」

クーレッシュの質問に、悠利はにこにこ笑顔で説明をした。そう、大根餅は中に具材を入れるのも、味付けも、自由自在だ。悠利は大根おろしで作ったが、大根を千切りにして作る場合もある。多分、共通点は片栗粉などのもちもちさせるための粉を入れることぐらいではないだろうか。

そんな二人の会話を聞いていたレレイが、口の中に頬張《ほおば》っていた大根餅をごっくんと飲み込んでから叫んだ。

「ベーコン入り食べたい！」

「言うと思ったよ……」

「言うと思った……」

期待を裏切らないレレイだった。お肉大好き女子なので、ベーコンやウインナー入りというものに憧《あこが》れるのだろう。キラキラと目を輝かせるレレイに、悠利とクーレッシュは脱力しながら息を吐いた。

「ねーねー、ベーコン入り食べたいー！」

「はいはい。まだ大根あるし、今度は具材入りのを作るよ」

「やったー！」

「ユーリ、あんまりこいつを甘やかすなよ。調子に乗るぞ」

「いやー、大根が余ってるのは事実なんだよね……」

「お前、どんだけ貰《もら》ったんだ……」

レレイを甘やかしているのではなく、単純に大根の処理が追いついていないだけである。皆に大根餅が好評ならば、しばらくしてから違う味付けで作ろうと目論《もくろ》んだだけだ。大量消費にとても向いているレシピなので。

そんな悠利の返事に、クーレッシュは呆《あき》れたように溜息《ためいき》をついた。今日の大根がダンジョンマスターに貰ったものだというのは知っているので、せめて限度を考えて貰えよと釘《くぎ》を刺すクーレッシュ。

「クーレの言いたいことは解るよ？　でもさ、感謝の気持ちを込めて、みたいな感じであの子に差し出されたものを断れる？　僕は無理なんだけど」

「……あー」

「もじもじしながら、『アノネ、迷惑ジャナカッタラ、貰ッテホシイナ』とか言われてみなよ！　断るなんて出来ないよ！　こっちが悪人みたいじゃないか！」

「……解った。解ったから叫ぶな。お前がオトモダチに甘いのはよぉく解った」

力説する悠利に、その情景が目に浮かんだのかぱたぱたと手を振って落ち着けと促すクーレッシュ。ダンジョンマスターというと恐ろしげな存在に思えるが、収穫の箱庭のダンジョンマスターは可愛い幼児みたいな感じなのである。精神年齢も幼く、無邪気で、ひたすらに好意的だ。それを無下にするのは胸が痛む。

「じゃあ、クーレなら断れるの？」

「良心が痛むから無理」

「でしょー？」

ジト目の悠利の質問に、クーレッシュは正直に答えた。基本的に面倒見の良い兄ちゃんといった性質のクーレッシュには、無理な話である。よっぽどドライな性格をしていなければ断れないだろう。多分。

そんな風に会話をしている二人の目の前で、レレイは黙々と大根餅を平らげ、お代わりへと繰り出すのでした。大根餅がお気に召したらしい。

なお、後日、具入りの大根餅（餡かけにはしていない）を作ったところ大好評で、味付けを変えるだけでしばらく大根が消費出来るなと確信する悠利なのでした。美味しいから仕方ないのです。

◇◇◇

「むー。暇だよー」

リビングのソファの上で膝《ひざ》を抱えて座りながら、ぐでぐでしているのはレレイだ。しかし、他《ほか》の面々もぐでーんとしている。それも仕方のないことで、本日は大雨だった。窓の外はどしゃ降りで、とてもではないが外出なんて出来そうにない。

勿論《もちろん》、冒険者でもある彼らは、悪天候の中で修業をすることもある。しかし、特にやらなければならない修業がなければ、無理に外に出ることもない。体調を崩してその後の修業に影響を及ぼしては困るので。

座学のお勉強がある見習い組は、先生役のジェイクに課題を出されてそれぞれ部屋で勉強中だ。訓練生組は特に急ぐ座学はないらしく、完全に降って湧《わ》いた休暇みたいになっている。これで大雨でなければ買い物ぐらいには出掛けるのだが、それも難しい。

なお、例外は物作りコンビで、外出予定がなくなった彼等は、その瞬間にそれぞれがお世話になっている工房へすっ飛んでいった。大雨も何のその。時間が空いたのならばそれを職人としての鍛錬の時間にするという考えだった。

そんなわけで、《真紅の山猫》のリビングでは、暇を持て余した若手達がぐでぐでごろごろしているのでした。勿論そこには悠利もいた。

「暇なら本でも読めば？」

「やだー。本飽きるー。眠くなっちゃうー」

「……レレイさん」

落ち着きのないレレイに、呆れたように声をかけたのはアロールだった。僕っ娘《こ》の十歳児は、暇つぶしと称して本を読んでいる。外に出られないなら出られないなりの時間の潰《つぶ》し方を理解しているのだ。

そのありがたいアドバイスを、レレイは一刀両断にした。無理無理とぱたぱたと顔の前で手を振りながら、実に解りやすい返答だ。あまりにもきっぱりと言い切るものだから、近くで聞いていたイレイシアが困ったように溜息をついている。だがしかし、当人はどこ吹く風だった。

そのイレイシアはと言えば、楽器の手入れをしていた。雨が降れば湿度が上がるので、楽器はものによっては手入れをきちんとしないと音がおかしくなるのだ。吟遊詩人のイレイシアにとっては重要なことである。

「アロール、止《や》めとけ。そいつ、座学の教科書ですぐに寝る奴《やつ》だから」

「……脳筋への道をまっしぐらじゃん」

「俺もそう思うんだけど、当人だけが認めないんだよなぁ」

「あたしバルロイさんと一緒にはなりたくないもん！」

「僕としてはもう無理じゃないかと思う」

「俺もそう思うが、出来ればバルロイさん二号にはならないでほしい。主に俺の負担がしんどい」

護身用の短剣の手入れをしているクーレッシュが口を挟むと、アロールが呆れたように呟《つぶや》く。二人のやりとりを聞いたレレイが叫ぶが、アロールもクーレッシュも諦《あきら》めたような反応だ。

なお、色々と切実な思いを含んだクーレッシュの言葉に、レレイは首を傾《かし》げた。当人はよく解っていないが、レレイがバルロイ二号になるとしたら、その隣にはアルシェット二号と呼ぶべきツッコミ役が必要になる。現状、その最有力候補はクーレッシュである。彼が望むと望まざると。

そんなクーレッシュの悲哀を理解しつつも、アロールはさらりと言い切った。

「まぁ、飼い主頑張れば？」

「嫌だよ！　どう考えても振り回されるだけじゃねぇか！」

「ウルグスはマグの飼い主やってるし、クーレはレレイの飼い主やることになると思うんだけど」

「やらねぇよ。後、ウルグスも別に飼い主やってるつもりはないと思うぞ」

「でもあれ、どう見ても通訳って言うより飼い主だし」

「……まぁ、な」

アロールの言葉をクーレッシュは否定出来なかった。少なくとも、ウルグスとマグのやりとりは、気ままな猫とその首根っこを引っつかんで面倒を見ている飼い主みたいな感じなので。けれど、自分がそれと同じ枠には収まりたくないなぁと思ってしまうのも事実だった。

そんな風に賑《にぎ》やかに雑談に興じている仲間達を見ていたヘルミーネは、ちらりと傍らの悠利《ゆうり》を見た。鏃《やじり》の手入れをしていたヘルミーネの隣で、悠利は何やら奇妙なことをしていたのだ。

「ねぇユーリ、それ、何してるの？」

「え？　何って、あやとり」

「あやとりって、なぁに？」

「アレ？　この辺にはあやとりってないのかな？　紐《ひも》を使った手遊び、かなぁ？」

ヘルミーネの問いかけに、悠利はきょとんとした。彼が手にしているのは細い三つ編みみたいになっている毛糸で編んだ紐で、それを使ってあやとりをしていたのだ。つまりは、暇なので手遊びをしていたということになる。

やらなければいけない家事を終わらせた悠利も、大雨でどこにも行けないので暇つぶしとしてあやとりをしているのだ。久しぶりにするので、ところどころ手順を忘れていたりするが、手を動かしている間に思い出していくのが楽しかった。

そんな風に悠利はのんびりと一人遊びをしていたのだが、ヘルミーネにしてみれば「紐で何してるの？」ということになる。この辺りにはあやとりの文化はないらしい。

「それ、手遊びなの？　何かを作ってるわけじゃないの？」

「形を作って遊ぶんだよ」

「へー。ユーリ、器用ねー」

話している間も指を動かしてあやとりを続けている悠利の手元を見ながら、ヘルミーネが感心したように呟く。ひょいひょいと両手の間で紐を動かし、指に引っかけ、ときに絡《から》めるようにして形を作っていくのは、器用としか表現出来なかったのだ。

そこでふと、ヘルミーネが悠利があやとりに使っている紐を見て首を傾げる。

「ねぇ、ユーリ。手遊びなら別に普通の紐でも良いんじゃないの？　何でその紐は編んであるの？」

「あ、これはね、こうやって編んだ紐でやると絡まったときに解《ほど》きやすいからだよ」

「ユーリが編んだの？」

「うん」

「へー。三つ編みみたいで可愛《かわい》い」

ぱらりと紐を手から解いた悠利は、くしゃくしゃと紐を丸めたり絡めたりしてから、掌《てのひら》の上で広げてみせる。結び目が出来ている部分も、編んでいるので完全にくっつくわけではないからか、しゅるりと解くことが出来る。これがただの紐だった場合は、うっかり引っ張るところを間違えると固結びみたいになってしまって、解くのが一苦労なのだ。

あやとりというのは紐を交差させたり絡めたりして遊ぶので、失敗すると変な結び目が出来てしまうことがある。そういったときに、解けなくてイライラしなくて済むように、こうやって編んだ紐で遊んでいるのだ。

「このかぎ針を使って編むんだけどね。お祖母《ばあ》ちゃんに教えて貰ったんだ」

「ユーリのお祖母ちゃんは、ユーリみたいにお裁縫が得意なの？」

「お裁縫っていうか、編み物が得意なんだ。これは毛糸を一本の紐に編んでるだけなんだけど、お祖母ちゃんはレース編みとかもやってたよ」

「レース編みって結構大変よね」

「大変だよねー」

真顔になるヘルミーネに、悠利も真顔になった。別にレース編みに限ったことではない。編み物は基本的に何でも大変だ。根気が必要な作業であるし、一つ網目を間違えたら解いてやり直しになったりする。

興味深そうに手元の紐を見ているヘルミーネに、悠利は笑顔で問いかけた。

「ヘルミーネも、あやとりやってみる？」

「え？」

「紐ならまだいっぱいあるし」

「待って。何でそんなにいっぱい出てくるの」

魔法鞄《マジックバッグ》になっている学生鞄《かばん》から悠利が取りだしたのは、色取り取りの紐だった。いずれも悠利が使っていたものと同じように、一本の三つ編みみたいに編まれている。かぎ針で悠利がせっせと編んで作ったものだ。

しかし、まさか鞄から十本も出てくるとは思っていなかったヘルミーネは思わずツッコミを口にしていた。彼女は悪くない。暇つぶし用の道具としか思えないものが、そんなにたくさん出てくると思わなかっただけなのだ。

　そんなヘルミーネに対して、悠利はきょとんとした。

「暇つぶしに作ったから」

「それ作るのも暇つぶしだったの⁉」

「うん。真っ直《す》ぐ一本に編むだけだから、考え事しながらする作業に丁度良かったんだよねー」

「……考え事の暇つぶしで紐を編まないでよ……」

　がっくりと肩を落とすヘルミーネ。どうかしたの？　と言いたげな悠利に、疲れたように溜息をついている。安定の悠利だった。

　とはいえ、切り替えが早いのもヘルミーネだ。悠利相手に細かいことを気にしても仕方ないと思ったのだろう。好奇心を優先させて、手を伸ばす。

「ヘルミーネ？」

「一つ貸してー。それで、あやとり教えて？」

「良《い》いよ。何色にする？」

「それじゃあ、赤色！」

「はい、どうぞ」

「ありがとう」

　悠利から赤色の紐を受け取ったヘルミーネは、不思議そうに見詰めた後に、目の前の悠利と同じように両手の親指と小指に内側から通すようにして紐を引っかける。両手を顔の前で構えるヘルミーネに、悠利はにこにこと笑う。

「それじゃ、最初は中指で反対側の紐を引っかけてね」

「えーっと、こうで良いの？」

「そうそう。で、次は逆の中指で同じように引っかけてくる」

「中指に引っかけただけで、何だか網目みたいになっちゃった」

「これが基本の形かな」

向かい合わせのままで、悠利とヘルミーネは一つずつあやとりを進めていく。今悠利がヘルミーネに教えているのは、一人で出来るあやとりだ。あやとりには一人でやるものと二人でやるものがあって、悠利がさっきまでやっていたのは一人あやとりである。

紐を引っかけたり、離したり、紐の間に指を通すようにしてひっくり返したりして、次から次へと形を作っていく。あやとりを知らないヘルミーネだが、悠利の教える通りに一つずつ指を動かして、形を順番に作っていく。

最初は向かい合ってやっていたのだが、それだと指の動きが鏡合わせになってしまうので、途中で二人横並びに座ることに変更した。こうすれば、まったく同じように指を動かすことが出来るし、ヘルミーネも隣の悠利の動きを把握しやすいからだ。

「そうそう、上手。動かすときに、隣の指に引っかかってる部分を動かさないように注意してね。外れちゃうと形が壊れるから」

「解《わか》ったわ。でも、一個ずつの動きは簡単だけど、何度も繰り返すとだんだん解らなくなってくるわね、これ……」

「慣れてくると指が覚えちゃうから、考えるより先に動くんだけどねー」

「……考えるより先に動くって、どれだけやりこんでるのよ、ユーリ」

「暇つぶしにやってたら覚えちゃったんだよ」

のほほんと会話をしながら一つずつ形を作っていく。軽口を叩《たた》いているが、新しい形にするときは真剣な顔をしているヘルミーネである。何が何でも完成させてやる、みたいな感じだった。

そして、最後の一手が終わった、その瞬間――。

「はい、完成ー」

「やったー！　……って、最初の形に戻っちゃったじゃない！」

「うん。これ、一人でずっとやり続けることが出来るあやとりだから」

「何その迷路みたいなあやとり！」

ヘルミーネの叫びに、悠利はへろりと答えた。

そう、悠利がヘルミーネに教えたのは、一人あやとりの中でも特殊な、ぐるりと一周するものだった。最後の形から次の一手へ進むと、最初の形に戻るのだ。その結果、延々と一人あやとりを続けることが出来るというやつである。

何か凄《すご》い形が出来るのかとわくわくしていたヘルミーネは、これじゃなーい！　とでも言いたげだった。それに気付いた悠利は、ごめんごめんと笑う。

「何か面白い形が作れるのとかないの⁉」

「あるよ。ただ、今のやつって指の動かし方が割と基本っぽいから、指ならしに良いかなと思って」

「それなら先にそういうのだって教えてよ！」

「ごめんってば」

ぷんぷんと怒っているヘルミーネに、悠利は素直に謝った。それじゃ次は何か別のをやってみようかと言いかけたときだった。いつの間にか興味深そうに集まって自分達を見下ろしている仲間達に気付いたのは。

「……えーっと、皆《みんな》、どうかした？」

「何か面白そうなことやってるから」

「ユーリ、あたしもやるー！」

「キュピ、キュピー！」

「え、ルーちゃんもあやとりするの？　どうやって⁉」

「「やるの⁉」」

首を傾げながら悠利が口にした質問に、大真面目《おおまじめ》な顔で答えたのはクーレッシュだった。その隣で、レレイが元気いっぱいに手を挙げながら参戦を口にする。すると、それに便乗するようにレレイの足下にいたルークスがぴょんぴょん跳ねながら自己主張をした。

レレイはともかくルークスがどうやってあやとりをするんだと衝撃の声を上げる悠利と、同じように驚く一同。それに対して、ルークスはえっへんと胸を張り、そして、身体《からだ》の一部をうにょーんと伸ばして、小さな手みたいなものを作り出した。

「「…………」」

「キュ！」

まん丸としたスライムの身体の正面部分に、紅葉《もみじ》のような小さな手が二つ出現していた。ここに紐をかけてくれと言いたげに、ぴこぴこと悠利に向けて動かしている。小さな身体に、小さな手。不揃《ふぞろ》いだがきちんと五本指を模しているところに、ルークスのやる気が見えた。

これってスライムとしてどうなんだろうと思った者が数名。相変わらず器用だなと思った者が数名。そして、ルークスの愛らしさと可愛さに悶絶《もんぜつ》する者が二名。……安定の、従魔に弱い悠利とアロールだった。

「解ったよ。ルーちゃんも一緒にあやとりしようね！」

「キュイキュイ！」

「他《ほか》の皆もあやとりするなら、どうぞー」

うきうきでルークスに綺麗《きれい》な緑の紐《ひも》を渡した悠利は、仲間達に向けても紐を差し出した。各々、自分が気に入った色の紐を受け取る仲間達。使い方がよく解っていないので、悠利が教えてくれるのを大人しく待っている。

そんな皆の姿を見て、ヘルミーネが自信満々に口を開いた。

「ふふん、教えてあげても良いわよ！」

「ユーリ、一番簡単なのから教えてくれー」

「ルークスでも出来る感じのでお願い」

「紐で手遊びが出来るなんて楽しみですわ」

「あたしも頑張るー！」

「ねぇ、ちょっと！　何で誰《だれ》も私のこと見てないのよ！」

華麗にスルーされたヘルミーネがきゃんきゃんと叫んでいるが、全員に流された。悠利《ゆうり》までスルーしたのは、目の前の可愛い従魔の相手で頭がいっぱいだったからだ。決して、ヘルミーネを蔑《ないがし》ろにしたわけではない。一応。

一番簡単なのと言われて悠利が皆に教えたのは、ほうきだった。悠利に言われるままの手順で作業を進めた一同は、最後の一手で完成したほうきに顔を輝かせた。

「わー、本当にほうきの形だー！」

「何であの動きで最後にこれになるのかが解らねぇけど、出来たな」

「結構簡単に出来るもんなんだね」

「あの紐がこんな風に形を作るだなんて、凄いですわ」

「キュピー！」

上手に出来たのでご機嫌の一同。悠利もにこにこ笑ってそんな仲間達を見詰めている。レレイはうきうきしながら作ったほうきで隣のクーレッシュの肩を掃くようにして遊んでいる。いつもなら小言を口にするクーレッシュだが、今は上手にあやとりが出来たことが楽しいのか何も言わなかった。

アロールの首元では、白蛇のナージャが主《あるじ》の手元を覗《のぞ》き込んだ後に、褒めるようにその頬《ほお》に頭をすり寄せている。そんなナージャの行動に、アロールもまんざらではなさそうだ。イレイシアは純粋に感動しているし、ルークスは大きな瞳《ひとみ》をキラキラ輝かせて悠利に自分が作ったほうきを見せている。皆、実に楽しそうだ。

その中で一人、ぷるぷると身体を震わせているのがヘルミーネだった。彼女も皆と同じようにほうきを作り上げている。上手に出来ている。彼女が震えているのは、ほうきが作れなかったことではない。

そう、ヘルミーネは怒っていた。物凄《ものすご》く怒っていた。キッと悠利を睨《にら》み付けると、叫んだ。

「何で最初にこういうの教えてくれないのよ！」

「え？」

「こういう風に形が作れる方がずーっと楽しいじゃない！　ユーリのバカー！」

「ご、ごめん、ヘルミーネ。でもあの、一人あやとり上手に出来てたじゃない……？」

「出来たけど！　アレはあんまり面白い形はなかったもん！」

ぷんぷんと怒り心頭といった具合のヘルミーネに、悠利は素直に謝った。悠利に他意はなかったのだが、ヘルミーネとしては今のように解りやすく一つの形を作れるあやとりの方がやりたかったらしい。一人あやとりが出来れば暇つぶしになると思ったのだが、二人の気持ちはすれ違っていた。でも多分どちらも悪くないです。

頬を膨らませて怒っているヘルミーネの肩を、イレイシアがそっと叩いた。長身のイレイシアと小柄なヘルミーネなので、自然とヘルミーネがイレイシアを見上げる形になる。そのヘルミーネに、イレイシアは優しく問いかけた。

「ヘルミーネさん、よろしければその一人あやとりというのを、わたくしに教えていただけませんか？」

「え？」

「あやとりで色々なことが出来るようになりたいのですわ。ご迷惑でなければ、教えていただけますか？」

「で、でも、ユーリに教われば良いんじゃない？」

「ユーリは皆さんの相手で忙しそうですし、ヘルミーネさんに一対一でゆっくり教えていただければと思いますの」

どうでしょうか？　と優しい微笑《ほほえ》みで問われて、ヘルミーネはしばらく硬直していた。けれど、しばらくしてぱぁっと顔を輝かせる。とても嬉《うれ》しそうだった。

「任せて！　ちゃんと覚えてるから、イレイスに教えてあげるわね！」

「よろしくお願いします」

「うん！」

機嫌の直ったヘルミーネは、イレイシアを連れていそいそと移動していった。その二人の背中を見送って、アロールがぼそりと呟《つぶや》く。

「流石《さすが》イレイス。気遣いの鬼」

「しかも嫌みに聞こえないから、人徳だよなぁ」

「え？　教えてもらいたかったからじゃないの？」

「それもあるだろうけど、今のは多分、ヘルミーネの感情を落ち着かせるためのやつだよ」

「そうそう。お前もうちょい空気読め」

「空気ってどうやって読むの？」

「「……はぁ」」

感心したようなアロールの言葉にクーレッシュが同調する。一人意味が解っていなかったレレイが首を傾《かし》げるが、アロールは彼女の意見を否定した。付け加えるようなクーレッシュの一言であるが、レレイは真顔で問いかける。それに対して二人は、疲れたように息を吐くのだった。

割と本能で生きているレレイなので、空気を読むのは得意ではない。もとい、絶対に踏み抜いてはいけない地雷みたいな部分は、自然に避けている。恐らく本能でやっているのだろう。逆に器用で凄いと思う二人だった。

「ルーちゃん凄いねー！　あやとりまで出来ちゃうなんて！」

「キュピキュピ」

「それじゃ、今度は別のやつやってみようか！」

「キュイ！」

「ユーリ、俺らにも教えてくれよ。ルークスだけ構ってないで」

「うん。皆でやろうね」

可愛《かわい》い従魔をベタ褒めしている悠利に呆《あき》れたようにクーレッシュが声をかける。それに返ってきたのは、晴れやかな笑顔だった。皆で遊べるのが楽しいと言いたげだ。

大雨で外には出られないけれど、こうやって皆で同じことをして遊べるのはとても楽しい。また一つ、素敵な思い出が増えるのでした。

なお、途中でジェイクが加わり、悠利と二人で高難度のあやとりに挑戦する姿を皆が鑑賞する会に変更になったのはご愛敬《あいきよう》です。学者先生は指先が結構器用でした。

◇◇◇

「今日のお昼はタラのムニエルだよー」

ご機嫌笑顔で悠利が取り出したのは、綺麗に捌《さば》かれたタラの切り身だった。ただの切り身ではない。皮を剝《は》ぎ、小骨を取り除くというところまで処置が施されている切り身だ。もはや、ムニエルや揚げ物にするためにあると言っても過言ではない。

ちなみにこのタラの切り身は、港町ロカで手に入れた品である。ツノフグの毒化部位を検品する作業のお礼に頂いたものだ。悠利への報酬として用意された切り身で、その場で捌いて下処理をしてもらったのである。皮や小骨の処置までしてもらえたので、悠利は大喜びだ。

「ムニエルって、粉付けてオリーブ油で焼くやつだっけ？」

「うん、それ。皮も骨も取り除いてあるから、食べるのも楽ちんだよー」

「お、それは食べやすくてよさそう。むしろパンに挟みたい」

「確かにそれ美味《おい》しそうだね」

悠利の説明に、ウルグスは籠《かご》の中のパンを示して呟いた。その提案はとても魅力的だったので、悠利も同意した。表面をカリカリに焼き上げたムニエルを、キャベツやレタスと一緒にパンに挟めば、実に美味しいサンドイッチが出来る気がした。

とはいえ、今はサンドイッチは横に置いておく。人数分のムニエルを作るのが彼等の仕事である。

「今回は皮や小骨はもう処理してあるから、味付けをして焼くだけだよ」

「味付けは、塩胡椒《しおこしょう》だっけ」

「うん。お好みでハーブ塩とか粉末ガーリックとか加える感じ」

「今日は？」

「お魚が美味しいから、今日はシンプルに塩胡椒だけでー」

「おー」

味付けを少し変えるだけで味わいが変わるのだが、今日はあえてシンプルな塩胡椒のみにしておく。まな板の上に並べてたタラの切り身に、塩胡椒を振る。

味付けが出来たら、次は小麦粉をまぶす。全体にきっちりとまぶすのだが、振りかけるタイプの粉入れがあるので、まな板の上に並べたタラの上へと振りかける。片面が終わったらもう片面も同じように小麦粉を振りかける。まぶし終わったら、軽く叩《はた》いて余分な粉を落としておく。粉が多すぎては美味しくないので。

下準備が終わったら、次はフライパンに油を引いて温める。ムニエルは仕上げにバターを使うのだが、相性の良《い》いオリーブ油をしっかりと全体に行き渡るように入れる。フライパンを動かして油が簡単に移動するようになったら良い具合だ。

「それじゃ、タラを並べて焼いていきます」

「おー」

「火は中火ぐらいで。強火にすると焦げちゃうからね」

「解《わか》った」

温めた油の入ったフライパンへ小麦粉をまぶしたタラの切り身を入れると、途端にジュージューと音が鳴る。音だけではなく、食欲をそそる香ばしい匂《にお》いも漂ってくる。……昼食前のお腹《なか》が減っている時間帯には、ちょっと拷問である。

「……めっちゃ腹が減る」

「そこは諦《あきら》めて、ウルグス。料理当番の宿命」

「くっ……」

「あ、ちゃんと焼けるまでは触っちゃダメだからね。壊れるし」

「おう」

「その間に他の準備をしちゃおう」

「了解」

フライパンに入れたタラの切り身は片面が焼けるまで少し時間がかかるので、つきっきりではな

くその間に他《ほか》の準備をする悠利とウルグスだ。サラダを器に入れたり、スープを温めたり、皆《みんな》が食べるパンを切り分けたりという感じだ。

勿論《もちろん》、あまり長くフライパンから離れるとうっかり焦がしてしまうこともあるので、注意が必要だ。中火なので、油断すると焦げるので気を付けよう。

しばらくして、身の半分ぐらいまで火が通ってきたら、フライ返しでそっと切り身を持ち上げてみる。きつね色に焼き目が付いているのを確認したら、そのままひっくり返す。ひっくり返すと、先ほどと同じようにまたジュージューと良い音がし始める。

「こっちも同じように中火で焼くのか?」

「うん」

「……見てると腹減るから、盛りつけやってくる」

「はいはい」

香ばしい匂いはするし、目の前にあるのは食べ頃《ごろ》と言わんばかりにきつね色になった面なのである。腹ペこなのに加えて元々大食漢のウルグスとしては、かなり辛《つら》いのだ。

二人で盛り付けなどをしている間に、ひっくり返した面も焼き上がった。これで終わりかと皿を持ってきたウルグスを制して、悠利はバターを取りだした。

「ユーリ?」

「焼き上がったら、仕上げにバターだよ」

「あぁ、そっか。忘れてた」

熱々のフライパンにバターを入れて溶かすと、焼き上がったタラのムニエルに絡《から》めるようにしてフライパンを回す。とろりと溶けたバターの芳醇《ほうじゅん》な香りが鼻腔《びこう》をくすぐる。そして、溶けたバターはタラのムニエルに絡みつき、その風味をしっかり付けていく。

きつね色にこんがりと焼き上がったタラのムニエルに、バターの風味が追加されてとても美味しそうだ。出来上がったムニエルは、レタスを敷いた皿の上へと並べていく。

「ムニエルって割と手順は簡単だよな」

「そうだねー。火加減と焼き具合の確認をちゃんとしたら、味付けとかも難しくないしね。あ、皮付きの場合は、皮の部分を念入りに油に浸してきっちり焼くと、パリパリになって美味しいよ」

悠利《ゆうり》の説明に、ふむふむと頷《うなず》くウルグス。実際、使う調味料も少ないし、こまめに火加減を調整しなければいけないわけでもない。そういう意味では、ある程度料理になれていれば簡単に作れる料理に分類されるかもしれない。

「それも美味《うま》そう。てか、皮の部分だけきっちり焼くって、皮が側面に付いてたらどうやるんだ？」

「フライパンの端っこにもたれさせるみたいにして立てるとか？」

「……なるほど」

ウルグスの質問に、悠利はフライパンに残っていた一切れを使って説明した。鮭《さけ》のムニエルなどの場合、皮が側面に付いているのでこういう風に焼くのだ。両面を焼いた後、仕上げに皮だけを下にして焼くと、パリパリ食感が楽しめてとても美味しい。今回は皮が存在しないので、そういう手間は存在しないが。

「それじゃ、盛りつけ完了したし皆を呼んでこないとね」

「そうだ、……あん？」

「どうかした、ウルグス？」

「いや、あそこ……」

「え？」

ウルグスに促された悠利は、彼の指差す先へと視線を向けた。そこには、そろーっとこちらを覗《のぞ》き込んでいるルークスの姿があった。料理中は調理場に入らないというのを徹底しているルークスなので、食堂スペースから窺《うかが》っているのだろう。

どうやら日課の掃除を終えたらしいということまでは把握出来たが、何をしているのかはよく解らない。解らないので、ルークスに聞くことにした悠利だった。

「ルーちゃん、何か用事でもあった？」

「キュイ、キュイ！」

「えーっと……？」

「キュキュー！」

何かをジェスチャーで訴えてくるルークス。しかし、残念ながら悠利にはルークスの言葉は解らない。ウルグスも首を傾げている。それでも、何かを必死に訴えていることは解る。

ルークスは、その場からぴょこぴょこと移動したと思ったら、素早く戻ってくるという動作を繰り返している。二人でそれを見ていた悠利とウルグスは、ハッと気付いた。

「もしかしてルーちゃん、皆を呼びに行ってくれるってこと？」

「お前、手伝いたかったのか？」

「キュピー！」

二人がやっと気付いてくれたと嬉《うれ》しそうに飛び跳ねるルークス。何でそんなに働きたがるんだろうと思いつつ、ルークスの好意は嬉しいのでお任せすることに決めた。

「それじゃルーちゃん、皆を呼んできてね。僕達はその間にご飯食べる準備をしておくから」

「キュイ！」

悠利にお願いされたルークスは、ご機嫌で食堂を出て行った。そんなルークスを見送って、二人はテキパキと配膳《はいぜん》に取りかかるのだった。


そして、ルークスに呼ばれた仲間達が食堂へとやって来た。それぞれ席に着き、いつものように唱和して食事に取りかかる。なお、ルークスは調理場スペースで生ゴミを食していた。彼にとってはそれも立派な食事である。

本日の昼食はパン、サラダ、スープにタラのムニエルというメニューだ。美味しそうなきつね色に焼き上がったムニエルは、見るだけでも食欲をそそる。その上、バターの芳醇な香りが漂うので、余計にそそられるのだ。

「いっただきまーっす」

皮も骨も存在しないので、箸《はし》でも楽に食べられるタラのムニエル。こんがり焼けてはいるが、そこまで硬くはないのですんなりと箸が入る。食べやすい大きさにして口に運ぶ。

噛《か》んだ瞬間は、こんがりと焼いたおかげかカリカリとした食感だ。小麦粉が良い感じに衣の役割を果たしている。けれど、すぐに歯は軟らかな身の感触を知ることになる。ふんわりとした食感でありながら、しっかりとした食べ応《ごた》えが存在しているのは、それだけ魚が良い証拠だろう。

味付けはシンプルに塩胡椒だけにしておいたが、そのおかげでタラの旨味《うまみ》がぎゅぎゅっと濃縮されている。また、仕上げにバターを使ったことでバターの旨味も浸透している。口の中がちょっと贅沢《ぜいたく》な感じになる。

「んー、美味しいー。魚が良いとどんな料理にしても美味しいなー」

幸せ、と言いたげな表情で悠利が満足そうにタラのムニエルを食べている。自分で作ったのだから自分好みの味付けになるのは当然なのだが、素材の善《あ》し悪しで美味しさが変わることがある。なので、美味しい魚で作った美味しい料理に感動しているのだ。

基本的に、港町ロカで手に入れた魚介類は抜群の鮮度と質の良さだったので、何にしても美味しい。ついでに、時間停止機能が付いた魔法鞄《マジックバッグ》になっている悠利の学生鞄《かばん》にしまわれているので、鮮度低下なども存在しない。チート装備をきっちり使いこなしている悠利だった。

そんな風に楽しそうな悠利の隣で、それまで静かに食事を続けていたヤクモが口を開いた。

「うむ。まさにその通りであるな。これも凝った味付けではないのに実に美味である」

「あ、今更ですけど、ヤクモさんのお口に合いました？　塩焼きにしようか悩んだんですけど」

「む？　我《われ》は基本的にお主の作る料理で口に合わぬことはないが？」

「それなら良かったです」

ヤクモは和食に似た食文化の国出身なので、ちょっと気になった悠利なのだった。とはいえ、旅から旅を重ね、その土地の食べ物を忌避することなく食べているヤクモなので、杞憂《きゆう》と言えた。そもそも、普段から悠利が作る料理は和食っぽくないものだろうと気にせず食べているので。

故郷の食文化に魚が多かったからか、ヤクモは魚料理を特に好むところがある。勿論肉料理でも文句一つ言わずに食べてくれる。それでも、より美味しそうに食べるのは魚である。それは間違いなかった。

「そうそう、ロカで美味しそうなお刺身用の魚を買ってきたんで、今度イレイスと三人で食べましょうね」

「おや、我の分も買い求めてくれたのか？」

「ええ。多分、生魚を食べるのは僕達だけだと思うので、他の人がいないときか、別メニューということで」

「確かに、それはそうであろうな」

悠利の話を聞いて、ヤクモは肩をすくめた。魚の生食文化の存在しないこの街で、好き好んで生魚を食べる人は少ない。港町ロカでは生で食べる人もいたが、それでもどちらかというと火を通して食べる料理の方が多かった。

まぁ、生で食べるには鮮度の良い魚を手に入れなければならないので、内陸の王都ドラヘルンで馴染《なじ》みがないのは仕方ない。また、《真紅の山猫《スカーレット・リンクス》》の面々は出身地が内陸部の者が多いので、生魚を食べることに慣れていないのだ。

食事は好きなものを食べてこそなので、別に他の誰《だれ》かを巻き込んでお刺身を食べようとは思っていない悠利だ。その代わり、美味《おい》しく食べる面々で一緒に食べれば良いと思っている。機会があればイレイシアとヤクモの三人でお刺身や海鮮丼《どん》を食べるのだ。

「鮮度の良いお魚でさっと火を入れるだけでも美味しいとは思うんですけどね」

「あぁ、炙《あぶ》って食べるなども美味しいであろうな」

「良いですねー。個人的にはしゃぶしゃぶも好きです」

「うん？」

「沸かしたお湯とか、スープとかでさっと茹《ゆ》でる調理方法ですね。お刺身で大丈夫な魚だと、半生ぐらいで食べられて美味しいです」

「それはまた、美味の予感がする料理だ。イレイスも気に入るのではないか？」

「それじゃあ、今度三人で試してみましょうか」

「うむ」

まるで悪戯《いたずら》を思いついた子供のように悠利が笑うと、ヤクモも口元に笑みを浮かべた。しゃぶしゃぶを目にしたイレイシアが顔を輝かせる姿が目に浮かんだからだ。魚介類大好きな彼女がどれだけ喜ぶだろうかと考えると、ちょっと楽しいのだった。

そんな風に悠利とヤクモは穏やかに食事をしているが、別のテーブルではちょっと賑《にぎ》やかなことが起こっていた。賑やかとはいえ、別に咎《とが》められるほどの騒動ではない。その中心にいるのはウルグスだった。

「これでよし」

「ウルグス、何やってんだ？」

「それ何？」

「いや、パンに挟んだら美味そうだと思って」

「「その手があった……！」」

食パンと食パンの間にサラダから抜き出したレタスとタラのムニエルを挟んでいるウルグス。ちなみに、ちゃっかりマヨネーズも使っているので、どう見てもただのサンドイッチだった。

そのウルグスの行動を不思議そうに見ていたカミールとヤックが、ハッとしたように叫ぶと同じことを始めた。それ絶対美味しいやつじゃん！　と思ったらしい。確かに、ちょっと豪華なサンドイッチになりそうだ。

マグは特に興味はないのか、そのまま食べている。タラのムニエルは出汁《だし》を使った料理ではないので、マグにはそこまでこだわる料理ではないらしい。とはいえ、美味しくないと思っているわけではなく、マヨネーズをつけながら黙々と食べている。

「ウルグス、マヨネーズ貸して」

「ほい」

「まさかウルグスがマヨネーズ使うことまで考えるとは……」

「あ、それ発案はユーリ。パンに挟むならマヨネーズ使うと美味しいと思うって言われた」

「何だ、ユーリの考えか。それなら納得した」

ウルグスが自分でアレンジを思いついたのかと思ったらしいカミールだが、発案者が悠利だと解《わか》ったら納得したようだ。ウルグスはそこまで料理が得意なわけではないので、アレンジをまだそこまで出来ないのだ。

カミールにマヨネーズを渡すと、ウルグスは自分が作ったサンドイッチにかぶりつく。食パンのふわふわした食感に、レタスのシャキシャキッとした食感。そして最後に、ふんわりとしていながら弾力のちゃんとあるタラのムニエル。口の中でその三つが合わさって、絶妙なハーモニーを奏でていた。

悠利に言われたようにマヨネーズを追加したおかげで、パンと一緒に食べても物足りなくはない。ムニエルだけで食べるなら調理したときの味付けだけで問題なかったが、サンドイッチにするとパンが増える分薄味に感じてしまう可能性があったのだ。

「これ普通に美味いな」

「サンドイッチに新作追加だな、これは」

「ムニエルが美味しいなら、フライも美味しいと思うのはオイラだけかな……?」

「あ、確かにフライも美味そう」

「後でユーリに言ってみようぜ。フライならマヨネーズじゃなくてタルタルソースだよな」

「タルタルソース?」

「「何でそこに食いつくんだ!?」」

それまで我関せずという顔で食事をしていたマグが、突然反応したことに三人は驚いた。とはいえ、マグはマヨネーズやタルタルソースは気に入っているので、当然の反応かもしれない。ちなみに、白身魚のフライにはタルタルソースというのは、《真紅の山猫》の不文律みたいになっている。最初に悠利《ゆうり》がそうしたので、何となくそうなっているのだ。

そんな風に賑やかなウルグス達を眺めながら、悠利は楽しそうに笑って口を開いた。

「相変わらず皆《みんな》、仲良しですよねー」

「仲が良い《い》のは良いことだ」

「そうですね」

騒いでいる見習い組とは裏腹な、のんびりとした雰囲気である。それでも、その場に居合わせた面々に共通しているのは、今日も美味しいご飯を堪能《たんのう》しているということだった。

なお、ムニエルに適した切り身はたくさん手に入れているので、今後も定期的にメニューに並び、皆を喜ばせるのでした。

◇◇◇

「うーん、サラダとかなら食べられる気がするんだけどなー。あ、甘味は別」

「ヘルミーネの場合、甘味だけはいつでもお腹《なか》に入るよね……」

「えー？　甘い物は別腹でしょー？」

何当たり前なこと言ってるの？　と言いたげなヘルミーネを前にして、悠利は呆《あき》れたように息を吐いた。黙っていれば天使のように愛らしい美少女は、今日も自由だった。可愛《かわい》い笑顔はプライスレスだが、その中身は割と我が儘《まま》マイペースなお嬢さんである。

お茶を飲んだコップを洗いながら喋《しゃべ》っている悠利の手元を見ながら、ヘルミーネは可愛らしく小首を傾《かし》げている。カウンターに座りながら悠利を見ているので、目線がいつもより上からになっていた。

二人が話しているのは、昼食のメニューに関してだ。暑い日が続いているので、全体的に皆の食欲が落ちてきている。元々大食漢な面々や大人組はそうでもないのだが、食が細い少女組（と体力が一般人以下と思われる学者先生）は、目に見えて解るほどに食欲が落ちている。

ヘルミーネも食欲が落ちているメンバーの一人なのだが、彼女の場合、どれだけ食欲が落ちていようとも甘味だけは気にせず食べている。普通に考えたら、カロリーの高さが目に付くようなスイーツの数々の方が胃袋を圧迫しそうなのだが、そうではないらしい。甘い物は別腹を地で行くのだった。

「まぁ、冗談はさておき」

「別に冗談じゃないんだけど」

「その話は横に置いといてー」

「はーい」

「メインディッシュは肉を焼く予定なんだけど、副菜はさっぱりしたものがある方が良いってことだよね？」

「うん、お肉食べるのは大丈夫だけど、野菜までしっかりした味付けなのはちょっと止《や》めてほしいかも」

　ふざけたやりとりをしているように見えて、一応ちゃんと真面目《まじめ》に会話をしている二人だった。二人で相談した結果、メインディッシュが肉なので、野菜のおかずはさっぱりした味付けにすることで落ち着いた。サラダでも良いのだが、今日は朝食にサラダが出たので昼食は別のメニューにしようということになったのだ。

　それじゃあ何にしようかなーと冷蔵庫の中を確認しながら考える悠利と、面白そうにその背中を見ているヘルミーネ。食事当番のヤックが来る前に献立を決めてしまおうと思っているのだが、なかなか決まらないのだった。

　足音が聞こえたのはそのときだった。悠利とヘルミーネが視線を向けると、早足でヤックが駆け込んできた。

「あ、ヤックお帰りー。買い出し頼んでごめんねー？」

「ただいまー。ちょっと遅くなってごめん、ユーリ。色々呼び止められちゃって」

「ヤック、商店街で大人気だもんねー」

「親戚《しんせき》の子供みたいに可愛がられてるわよねー」

「どの店の人も優しくてオイラ好きだよ！」

二人の言葉に、ヤックはにぱっと笑った。無邪気で晴れやかな笑顔だった。真面目で働き者で人懐っこいヤックは、商店街の店主の皆さんに大変愛されているのだ。一生懸命頑張っている子供というのも大きいのだろう。何かとオマケをして貰《もら》ったり、割引をして貰ったりと可愛がられているのだ。

いそいそと買い出してきた食材をしまっていたヤックが、ハッとしたように何かの入った袋を作業台の上に置いた。

「それ何？」

「オマケで貰ったかぼす。結構いっぱいあるんだけど、何かに使えるかな？」

「かぼす？　わー、本当にかぼすだ。たくさん貰ってきたねー」

「売り物にするには形が不揃《ふぞろ》いだからって貰ったんだけど、どうしよう？」

袋の中に入っていたのは、緑色をした小さな柑橘類《かんきつるい》だ。かぼすである。すだちと良く似ているが別物だ。使い方はレモンに似ている。搾って果汁を香り付けや味付けに使う。後味や酸味がそれほど強くはないので、さっぱりとした味に仕上がる。

夏場であれば、輪切りにしてうどんやそばの上に並べられることもある。出汁の優しい味わいとすっきりとした酸味が合わさって、食欲がなくても美味しく食べられるのだ。まぁ、基本的にはレモンやすだちと同じような使い方になるだろう。

搾って蜂蜜《はちみつ》などで味を調えたジュースも美味しいのだが、それはとりあえず横に置いておこう。ころころしたかぼすを手にして、悠利はぱっと顔を輝かせた。

「お昼に使うよ。かぼすを使うとさっぱりするから、食欲なくても食べやすいと思うし」

「使うのは良いけど、何にする？」

「んー、キャベツがいっぱいあるから、千切りキャベツを和《あ》えるのに使おうかな。かぼすと醤油《しょうゆ》で味付けして」

「……それってポン酢と何が違うの？」

悠利の説明に、ヤックは首を傾げた。柑橘類の搾り汁と醤油を混ぜて自家製ポン酢を作っているので、ヤックの疑問ももっともだ。それに対して、悠利は笑顔で答えた。

「いつものポン酢だと醤油の割合が多いでしょ？　今から作るのは、かぼすの果汁の割合を多くして、醤油は味付け程度にしようかと思って」

「それ、酸っぱくない？」

「かぼすはそんなに酸っぱくならないと思うよ。味見しながら調整したら大丈夫だと思う」

「そっか。それじゃ、オイラ何をしたら良い？」

納得したヤックは、笑顔で悠利の指示を待つ。悠利は少し考えて、にこにこ笑顔で問いかけた。

「キャベツの千切りとかぼすを搾るのどっちが良い？」

「かぼす搾る！」

「りょーかい。じゃあ、よろしくね」

食い気味での即答だった。人数分のキャベツの千切りを作るのは結構な重労働だし、そもそもどう考えてもそっちの作業は悠利の方が圧倒的に早いのが解っている。

と、いうわけで分担作業に入る悠利とヤック。悠利は冷蔵庫から取りだしたキャベツを洗って大量の千切りを作っていく。ヤックは、かぼすを丁寧に洗った後に半分に切ってボウルに搾っていく。ぎゅーぎゅーと搾っていると、ふわりとかぼすの香りが漂う。

「へー、かぼすって良い匂《にお》いするのねー」

「レモンとかすだち、柚子《ゆず》と同じでね。皮を削って香り付けに使ったりもするんだよ」

「皮を削る？」

「うん。ナイフとかおろし金とかで皮の部分を削って、汁物に浮かべたり盛りつけた煮物の上に載せたりするんだよ。彩りにもなるし、香りもするからちょっと贅沢《ぜいたく》な気分だよね」

「うーん。お料理って、そういうところ奥が深いわよねー」

「あはは。何でも考え始めたら奥が深いと思うよ」

「それもそうね」

トトトトトと軽快な音をさせながら千切りを作りつつ、ヘルミーネとの雑談に興じる悠利。楽しそうな二人の姿を見つつ、ヤックは心の中で思った。相変わらず悠利の包丁さばきが異次元すぎる、と。

何しろ、手元を見ていないのに次々とキャベツの千切りが出来上がっていくのだ。料理技能《スキル》が高いとこういう風になるのかなぁと思うヤックだった。熟練の技みたいである。

「ユーリ、かぼす搾り終わったけどどうしたら良い？」

「タネが入ってたら、茶こしとか使って搾り汁だけにしておいてくれる？」

「解った！」

ボウルに入ったかぼすの搾り汁を見せてきたヤックに、悠利は次の手順を頼む。かぼすを半分に切ってそのまま搾ったので、搾り汁の中にタネが入っているのだ。大きなタネならば手や箸《はし》で取り除くのも簡単だが、細かい物になるとちょっと不便だ。なので、目の細かいザルや茶こしなどを使って濾過《ろか》するのだ。

ヤックがかぼすの搾り汁からタネを取り除いている間に、悠利は完成したキャベツの千切りを大きなザルに入れる。そうして、鍋《なべ》にお湯を沸かす。

「ユーリ、キャベツ茹《ゆ》でるの？」

「ううん。茹でないで湯通しするだけだよ。茹でると食感がなくなっちゃうし」

「湯通し？」

「お湯をかけて軽く火を通すことだよ。半生みたいになるの」

「へー。色んな調理方法があるのねー」

「今度ヘルミーネも一緒に料理する？」

「……気が向いたら！」

悠利の提案に、ヘルミーネは可愛い笑顔で答えた。料理を作ることと、出来たてを食べられることを天秤《てんびん》にかけ、メニューによっては悪くないかもしれないと判断したのだった。食べたいものなら作っても良いかもしれないという感じで。

ヘルミーネと話している間にお湯が沸いたので、悠利はザルに入れたキャベツの千切りの上にお湯を注ぐ。全体にお湯が行き渡るように回しかけ、途中で菜箸を使って上下を入れ替えながら全《すべ》てのキャベツにお湯をかける。かけ終わったら即座にザルを持ち上げて水を切る。

ほんのりと火が通ったキャベツはそれまでと少し色を変えていた。少しばかり軟らかくなっているが、完全に茹でたわけではないので食感は残っている。

「茹でるんじゃなくて湯通しなんだ」

「その方がたくさん食べられるしね」

「へー」

「それじゃ、キャベツをボウルに入れるから、ヤックが作ってくれたかぼすの搾り汁と醤油で味付けしようね」

「おー」

水気をしっかり切ったキャベツの千切りを大きなボウルに入れ、そこにタネを取り除いたかぼすの搾り汁を回しかける。入れては混ぜてを繰り返し、全体に混ざり合ったらそこに醤油を少量入れる。

「これ、醤油あんまり入れないんだよね？」

「うん。醤油は味付けにちょっと使うぐらい。そうしたら、箸休めに食べやすい薄味になるでしょ」

「なるほど」

ポン酢で味付けをしても良いのだが、そうすると醤油が勝ってしまうので味が濃くなるのだ。悠利の目当ては食欲のない面々でも簡単に食べられるようにという配慮なので、あまり味付けを濃くするのは本意ではない。なので、かぼすの搾り汁と醤油という別々の二つを使うことで味を調えようとしているのだ。

全体に行き渡るように混ぜた後に、少量を小皿にとって食べる。シャキシャキとしたキャベツの食感は残っているし、かぼすのさっぱりとした酸味と醤油が良《い》いバランスだ。

「うん、美味《おい》しい。ヤックは？」

「オイラも平気」

「それじゃ、ヘルミーネも味見して」

「え？　良いの？」

「うん。酸っぱすぎたら困るから」

「いただきまーす」

悠利《ゆうり》に促されて、ヘルミーネも試食をする。あーんと美味しそうにキャベツを口に運んだヘルミーネは、もぐもぐと口を動かしてしっかりと咀嚼《そしゃく》した。キャベツの食感、かぼすと醤油の風味。まったく別の三種がきっちり混ざっていて、心地好《よ》い。

「どうかな？」

「美味しい！　酸っぱくないわ」

「良かった。それじゃ、今日の副菜はこれでー」

「わーい」

「じゃ、他《ほか》の料理を準備しようか、ヤック」

「了解！」

一品完成してご機嫌の悠利は、ヤックと共に他の料理を作る準備を進めるのだった。二人の邪魔をしてはいけないと思ったヘルミーネは、「頑張ってー」と声援を残して立ち去っていった。昼食を楽しみにしながら。


そして、全ての料理が完成した昼食。いつものように唱和して食事を始めた一同は、本日の新作であるキャベツのかぼす醤油和えを喜んで食べていた。かぼすを使うことがあまりないのだが、柑《かん》橘《きつ》系を苦手としている者はいなかったので好意的に受け入れられている。

かぼすだけでは酸っぱくなるだろうが、そこに醤油が加わっているのでまろやかになっているのも理由だろう。また、そうでありながらメインをかぼすにしているのでさっぱりしており、食欲が落ちている面々にも食べやすいあっさりとした味付けになっている。

何となく、浅漬けめいたイメージだなぁと食べながら思う悠利だった。切り漬けや浅漬けを刻んで醤油と混ぜたらこんな風になりそう、と。もっとも、そのイメージの原因は湯通ししたキャベツの食感かもしれない。半生っぽいがしっかりと食感が残っているので食べている感じがするのだ。

「ユーリ、これ、結構いっぱい食べられるわねー」

「そう？　それなら良かった」

「サラダとはまた違う感じよねー。どうしてこっちだとたくさん食べられる気がするのかしら？」

「湯通ししてあるからじゃないかな。生野菜って、いっぱい食べるの大変だし」

「なるほど。それはあるかも」

悠利の説明に、ヘルミーネは納得したように笑った。確かに悠利の言うとおり、生野菜は消化するのにパワーが必要になるのか、そこまで大量には食べられない。湯通ししてある分少し軟らかくなっているのも、食が進む理由の一つなのだろう。

それに、やはり味付けのかぼすが利いているようだ。メインディッシュが肉なので、箸休めに食べるのに丁度良い。

「これもヤックがかぼすをいっぱい貰ってきてくれたおかげだね？」

「オイラとしては、ユーリが上手に使ってくれて助かってるよ。大量に貰ったけど、オイラじゃ使い道は考えつかなかったし」

「残ってる分はまた別の使い方を考えようね」

「おー」

顔を見合わせて楽しそうに笑う悠利とヤック。その姿を見ながら、大量にあったあのかぼすが、今度はどんな美味しい料理になって出てくるのだろうかと、一人わくわくするヘルミーネだった。

なお、大量のかぼすの一部は、大人組の晩酌の際にちょいちょい使われて、順調に数を減らしていくのでした。かぼすの搾り汁を入れると美味しいと誰《だれ》かが言い出した結果です。

閑話二　起床時には性格が表れます？

　ここ、《真紅の山猫《スカーレット・リンクス》》には多種多様な面々が揃《そろ》っている。性格も出自も種族も何もかもが異なる彼らだ。しかし、意外なところに似通った部分があったりする。特に、起床時にはそれぞれの性格が表れている。

　今回は、そんな皆《みんな》の起床時の様子を、少しばかりのぞき見してみよう。

《悠利《ゆうり》の場合》

　悠利の朝は、スマホのアラーム音から始まる。

　アラーム音はそれほど大きくはない。転移補正で充電切れを起こさなくなったスマホは、通話やインターネットは出来ないが時計やカレンダー、通信を必要としない内蔵アプリは使用可能だ。とはいえ、もっぱら悠利が使っているのはアラームとしてだ。

　ピピピピという軽快なアラーム音を聞いた悠利が、腕にルークスを抱えたままもぞもぞと動く。目を閉じたまま手探りでスマホを捜し、触れる。運良く一発で停止させることが出来る日もあるが、今日は失敗した。ピピピピと音は鳴り続けている。

「うんん……」

寝ぼけた瞼《まぶた》を擦《こす》りつつ、悠利は何とかアラームを止めた。ふわぁと大きなあくびをすると、悠利の腕の中にいたルークスが不思議そうに主《あるじ》を見上げている。

「おはよう、ルーちゃん」

「キュイ」

まだちょっと眠いなぁと思いながら、悠利は可愛《かわい》い従魔の頭を撫《な》でる。抱き枕《まくら》のようにして一緒に寝ているので、悠利の起床に合わせてルークスも起きるのだ。

悠利は決して寝汚い方ではないのだが、それでも寝起きは頭がぼんやりとしている。そのぼんやりとした頭のまま、着替えを捜す。これから朝食の支度に向かうので、火を使うまでにはシャキッと目覚めておくべきだろう。

のそのそと着替えを済ますと、眼鏡ケースから眼鏡を取り出して装着する。これでやっと視界がクリアになった。不思議なもので、視界がクリアになると睡魔が抜けて意識がはっきりするのだ。

「それじゃルーちゃん、今日も一日頑張ろうね」

「キュイ！」

今日も一日、二人でアジトの家事を頑張る生活が始まるのでした。

《ヤックの場合》
ヤックの朝は早い。正確には、早く起きることが染みついていた。
窓から差し込む朝日を感じて、もぞもぞと身体《からだ》を動かす。ふわぁと大きなあくびをしてから時計を見ると、まだ随分と時間が早かった。当番の日ならまだしも、そうではない日としてはもう少し眠っていても良い時間帯だ。

「んー、やっぱり日差しが入ると目が覚めちゃうなー」

農村で生まれ育ったヤックなので、朝が早いのには慣れている。正確には、家の仕事を手伝うために起きていた。なので、今もその名残で、よほど疲れていない限りそこそこの時間に勝手に目が覚めてしまうのだ。

二度寝を決め込むと起きられなくなる可能性があるので、のんびりと身支度を整えることにする。その際、必要なくなった時計のアラームはちゃんと止めておく。何となく、目覚ましより早く起きられるとちょっと嬉《うれ》しいというのもあった。

そんな風にヤックがゆっくりと着替えたり、ベッドを整えたり、今日の修行に必要な荷物の準備をしていると、若干騒がしい物音が聞こえた。しばらくばたばたしていたと思うと、廊下を足早に移動するように足音が去っていった。

「……あー、ウルグス、また目覚ましギリギリにしてたんだ」

ウルグスは決して寝汚いわけではないが、時間ギリギリまで睡眠を確保したいタイプらしく、こういうことがよくある。まぁ、これで遅刻するわけではないから、大丈夫なのかもしれないが。

食事当番が走っていったのなら、もうちょっとしたら美味しそうな匂《にお》いがするんだろうなと思いながら、ベッドに腰掛けて時間潰《じかんつぶ》しをするヤックなのでした。

《ウルグスの場合》

ジリリリという幾分けたたましい目覚ましの音が聞こえる。

次の瞬間、ガバッと跳ね起きたウルグスが、流れるような動作で目覚ましを止める。時計の時間を横目で確認すると、そのままベッドから飛び起きて身支度を始める。

ウルグスは、寝起きからの覚醒《かくせい》が早いタイプだった。なので、目を覚ました次の瞬間にはてきぱきと身支度が出来る。問題は、時間ギリギリまで眠っていたいという理由で、目覚ましで起きないと間に合わないというところだろうか。

食事当番でない日は、そこまで急がなくて良いというのも目覚ましがギリギリな理由だろう。食事当番の日だけは、気持ち早い時間に目覚ましを準備している。何しろ、間に合わなかったら皆に迷惑をかけるのだから。

一応、自分一人でどうにかなるときと、そうでないときの区別は付けられるウルグスである。実家にいたときは使用人に起こされていたが、今は目覚ましできっちり起きられるようになっているのも彼にとっては成長だったりする。

寝起きとは思えない動きで身支度を整えると、一度大きく伸びをする。ぱんっと気合いを入れるように頬《ほお》を叩《たた》くと、大きく一つ頷《うなず》いた。

「よし、今日も一日頑張るぞ」

上から下まで自分の身支度を確認し、変なところがなければ部屋を出る。洗面所で顔を洗って、完全に目を覚まそうと思うウルグスでした。

《レレイの場合》

リンリンリンと軽やかなベルの音が響く。

それほど大きくはないが耳に残るその音は、目覚まし時計のアラーム音だ。早く起きろと言いたげに鳴るアラーム音に、もぞもぞと布団の塊が動く。そして、その中から飛び出した腕がばしんと目覚まし時計を叩いた。

瞬間、何やら嫌な金属音が響く。サイドテーブルの上に倒れた目覚まし時計からは、もうアラーム音は聞こえない。

「……あ、やば。またやっちゃったかも……」

ガシャンと聞こえた物音と、掌《てのひら》に残っている感触に布団の中からレレイが這《は》い出してくる。恐る恐るサイドテーブルを見れば、横転するように転がる目覚まし時計が目に入る。コチコチと小さな音がして時を刻んでいる。

慌てて身を起こして目覚まし時計を手に取る。ベルの部分が少しへしゃげているが、時計はまったく問題なく動いている。そろりとアラーム時間を今に合わせて音が鳴るかを確認してみれば、問題なくリンリンリンと鳴った。どうやら壊れてはいないらしい。

ちゃんと無事だったことを確認して、レレイははぁと盛大に溜息《ためいき》をついた。

「良かったぁ……。これで壊しちゃったら、また修理に来たのかって言われちゃうもん」

大きく胸をなで下ろすレレイ。そう、彼女は毎朝毎朝、目覚ましのアラームを止めるときにうっかり強く叩きすぎてしまうのだ。別に寝汚いわけでもないし、目覚ましに恨みがあるわけでもない。単純に、寝ぼけて力加減が出来ないだけだ。

「さてと、時計も無事だったし、着替えようっと」

時計が無事だったことで一安心したのか、うきうきと鼻歌を歌いながら身支度を整えるレレイ。ぴこんと跳ねた寝癖に気付いて彼女が洗面所の前で格闘するまで、後もう少し。

《ヘルミーネの場合》

すやすやと安らかに眠っている金髪美少女。その寝顔は見る人を幸せな気持ちにさせるだろう。それほどまでに、彼女は幸せそうに眠っていた。実に絵になる光景だった。

そう、ベッドの下に、無残にも叩き落《お》とされた目覚まし時計がなければ、だが。

目覚まし時計はきちんと設定された時間にアラームを鳴らしただけである。早く起きてねという意味を込めての呼び出しだ。もといい、その時間に起こしてくれと頼んだのはヘルミーネである。なのに、何故《なぜ》か目覚まし時計はベッドの下に落ちていた。

正確には、サイドテーブルの上にあったのに、煩《うるさ》いと言いたげにヘルミーネが振り払った腕で叩き落とされたのだ。その後、目覚ましの音が止まったので再び安らかに眠っているヘルミーネである。

……つまりは、この極上の見た目の美少女は、寝起きが物凄《ものすご》く悪かった。正確には、全然起きないのだ。

寝起きが悪いのはまだ良《い》い。起こせば起きるのだから。ヘルミーネが問題なのは、本人が満足するまで呼んでも揺さぶっても叩いてもなかなか起きないところだ。どんな状況でも一定の睡眠時間を確保しようとする執念が恐ろしい。

いくら見習い組と違って食事当番が存在しないからといって、目覚ましを毎朝毎朝叩き落とすのはいただけない。いや、毎朝ではない。睡眠時間が規定値に達している日は、ちゃんと起きるのだ。つまり、今日は目覚まし時計にとって不運な日だった。まぁ、壊れていないだけ御の字ということにしておこう。

コチコチと目覚まし時計は時間を刻んでいる。目覚ましが鳴ってから既に十分以上が経過していた。早く起きてくれないかなと目覚まし時計が思ったかどうかは定かではないが、ヘルミーネは窓から差し込む朝日を気にすることもなく、すよすよと眠っていた。

……なお、しばらくして起きてこないヘルミーネに気付いた仲間達が起こしに来るまで、彼女はこのまま幸せな眠りの中にいるのだった。

《アロールの場合》

小さな音で目覚まし時計が起床時間を告げる。

その音は随分と小さく、眠っている人間の耳には届かないのではないかと思われるようなものだった。案の定、目覚まし時計の音で目を覚ましたのはアロールではない。アロールの顔の横でぐるりと蜷局《とぐろ》を巻いて眠っていたナージャだ。

しゅるりと蜷局を解《ほど》くと、尾で軽く叩いて目覚まし時計を止める。彼女の可愛い主であるアロールは、まだ夢の中だった。すぅすぅと寝息を立てて眠る姿は年齢相応にあどけなく、普段の大人びた姿とはまた違った魅力があった。

幸せそうに眠っている主の姿に、ナージャの表情も和らぐ。けれど、時計を確認して起床時間であるのを理解すると、頭をアロールの頬にすり寄せた。

「んん……」

まだ眠いのか、アロールはむずがるようにナージャから逃げようと動く。そんなアロールに、ダメだと言いたげにナージャは尾でぺしりと彼女の手の甲を叩いた。勿論《もちろん》、叩くと言っても攻撃するような強さではない。

しばらくそれが続くと、アロールは瞼を擦りながら起き上がる。まだ若干眠そうだが起きたらしいと判断して、ナージャは枕元で蜷局を巻いた。

「……おはよう、ナージャ」

「シャー」

寝起きで語尾が掠《かす》れているが、それでもちゃんと聞き取れる声で挨拶《あいさつ》をしてきた主に、ナージャは満足そうに頷いた。時計を確認したアロールは、「また目覚まし止まってるし……」とぼやいた。

ちなみに、アロールの目覚ましの音が小さいのは、毎度毎度ナージャが音量を小さくしているからである。目覚ましなんかで主の睡眠を邪魔されたくないらしい。アロールとしてはちゃんと目覚まし時計で起きられるようになりたいのだが、過保護な従魔のおかげで未《いま》だになかなか実行出来ないでいる。

「ナージャ、目覚ましの音量下げるなって言ってるだろ」

ぶつくさと文句を口にするアロールだが、ナージャはどこ吹く風だった。まったく、とぼやきながらも、毎朝律儀に起こしてくれる従魔にちゃんと感謝はしているアロールです。

《ブルックの場合》

この部屋の目覚ましの音は鳴らない。

正確には、他《ほか》の面々には聞こえない音でしか鳴らない。一定の種族にしか聞こえない音で鳴る目覚ましを、大きな掌がぐわしっと掴《つか》んだ。ミシミシと目覚ましの軋《きし》む音がしたが、お構いなしだ。

そのままむくりと身体を起こし、じっと時計の時刻を確認する。目覚ましをかけた通りの時間、つまりは己の起床時間であることを確認して、ブルックは舌打ちをした。不機嫌を煮詰めて焦がしたみたいなひりつくような舌打ちである。何も知らない人が聞いていたら、恐怖のあまり土下座をするような感じだった。

端的に言えば、ブルックは寝起きが悪い。目覚ましできちんと起きるし、起きてすぐに覚醒して動き始めることが出来る程度には、目覚めは良い方だろう。

ただし、死ぬほど機嫌が悪い。低血圧というわけではないのだが、とりあえず、寝起きは不機嫌がデフォルトなのだ。

忌ま忌ましそうに舌打ちをしながら、ゆっくりと身支度を整える。彼の力で軋むほどに掴まれた目覚まし時計は、ちゃんと無事だった。特注で頑丈に作ってあるというのもあるが、壊さない程度の力加減が出来るのがブルックである。壊す一歩手前まで軋ませてはいるが。

「……いい加減どうにかしたいものだがな」

自分の寝起きの悪さを自覚しているブルックは、小さく呟《つぶや》いた。起床して身支度を整えている間に、機嫌は通常に落ち着く。年々そのスパンが短くなっているので助かっているが、もう少しどうにか出来ないものかと思っている。

とはいえ、アリーやレオポルドに言わせれば、大分マシになったということになる。彼らがパーティーを組んでいたときなど、起床時のブルックには絶対に近寄らないという暗黙の了解があったぐらいだ。攻撃はしてこないが、本気の威圧が飛んでくるので。

ブルックがもう少し自分の寝起きでの機嫌の悪さを改善したいと思うのは、ここには彼が守るべき子供達がたくさんいるからだ。うっかり鉢合わせして怖がらせるのは本意ではない。

そんな風に凶悪的な寝起きの悪さをブルックが抱えているとは知らない子供達は、いつもの状態に落ち着いたブルックとすれ違っても晴れやかな挨拶をしてくるだけなのでした。

第三章　皆《みんな》と一緒に海水浴です

「あ、ワイバーンさんだ！　お久しぶりです！」

ぱぁっと悠利《ゆうり》は顔を輝かせた。王都ドラヘルンの城門の外、以前乗せてもらったときと同じ場所に、そのワイバーンはいた。今日も大きな籠《かご》を、先日よりももっと大きな籠を抱えて佇《たたず》んでいる。

体型は西洋の竜と東洋の龍《りゅう》の間ぐらいで、背中に大きな翼を持っている。足は後ろ足は大きく、前足は小さい。今はまるで躾《しつけ》の行き届いた犬のように大人しく座っているが、周囲の人々は遠巻きにしている。移動手段として知られているワイバーンではあるが、厳《いか》つい外見かつ竜種の魔物なので畏怖《いふ》されがちなのだ。

が、悠利にとってはそんなことは関係ない。むしろ初対面のときからレッツゴーフレンドリーだった。

「……」

「俺を見ても何も変わらないぞ」

「……ギャウ」

目映《まばゆ》い笑顔で駆け寄ってきた悠利に、ワイバーンはどういう反応をすれば良いのか困っていた。困ったあげく、旧知の仲であるブルックを見るのだが、あっさり流された。

「お元気でしたか、ワイバーンさん。今回も僕らを運んでくれるんですか？」

「キュキュー！」

「ユーリ、あまりぐいぐいいってやるな」

「へ？」

「慣れてないんだ、こいつは。普段は遠巻きにされるのが普通なんでな」

「……何でですか？」

「何でだろうなぁ？」

「？」

キラキラ笑顔で突撃する悠利と、その足下で嬉《うれ》しそうに飛び跳ねながら挨拶をしているルークス。その一人と一匹の行動にワイバーンは固まっている。どういう対応をすれば良いのか解《わか》っていないのだろう。そんな友人の苦難を救うべく口を挟んだブルックだったが、悠利はやっぱりよく解っていなかった。

勿論、悠利だって大型の魔物は怖いと思っている。突然見知らぬワイバーンと出くわしたらびっくりするだろう。けれど、このワイバーンはブルックの知り合いであり、先日は悠利達を温泉都市イエルガまで運んでくれた相手だ。危害を加えてこないと解っているので、フレンドリー全開なのだった。

ルークスに至っては、「恰好良《かっこい》い先輩だ！」みたいなノリで近付いている。このワイバーンは従魔ではないが、人間のために働いているのでルークスの中では先輩枠だった。「先輩、お仕事お疲れ様です！」という感じなのだ。

とはいえ、相手が困っていると言われてしまっては、無理に近付くのも失礼だ。悠利とルークスは聞き分けは良かったので、ワイバーンにぺこりと頭を下げて離れていった。そんな一人と一匹の背中を、ワイバーンは「何だろう、あいつら」みたいな雰囲気で見詰めていた。アレはただの天然主従です。

さて、ブルックの友人の長距離移動手段であるワイバーンが王都ドラヘルンで悠利達を待っていたのには、理由がある。悠利達はこれから、このワイバーンに運んでもらって港町ロカへ向かうのだ。

「ユーリ、ワイバーン怖くないの？」

「え？　だって、あのワイバーンさんはブルックさんの知り合いだし、前にもお世話になったし。怖がる理由ってないよね？」

「それが解ってても、ワイバーンって怖いと思うんだけどなぁ、オイラ……」

へにゃりと眉《まゆ》を下げて呟いたヤックに、悠利は不思議そうな顔をした。会話が完全に嚙《か》み合わないと理解したヤックはそこで話題を変えた。これ以上この話題を続けても意味がないと思ったからだ。

「空飛んでるときって、揺れる？」

「ううん。ほとんど揺れないよ。飛び上がるときと降りるときはちょっと揺れるけど、真っ直《す》ぐ飛んでるときはそんなに揺れなかった」

「そっか。オイラ、ワイバーンに乗るの初めてだから」

「皆一緒だから大丈夫だよ」

にこにこ笑顔の悠利に、ヤックは緊張で強《こわ》ばった顔で、それでも笑顔を見せた。今回はヤックも一緒に出掛けるのだが、初めてのワイバーンということで緊張しているのだ。

緊張しているのはヤックだけではない。普段は飄々《ひょうひょう》としていて余裕のある態度をあまり崩すことのないカミールが、先ほどからずっとお守りらしきメダルを握りしめながら祈っている。どうやら、こちらも初めての空の旅に緊張しているらしい。

他は大丈夫かなと視線を向けた悠利は、いつも通りの表情で荷物の最終確認をしているウルグスと、同じくいつも通りすぎる淡々とした表情で立っているマグを見つけた。どうやら見習いの年長組コンビはワイバーンに乗ることを怖がっていないらしい。

「ウルグスとマグは緊張してないの？」

「俺はワイバーン便に乗ったことあるからな。揺れないって聞いてるし、問題ない」

「え？　ウルグス、乗ったことあったの？」

「おう。家族旅行でな」

「「……流石《さすが》お坊ちゃま」」

「お坊ちゃま言うな！」

当たり前のように戻ってきた返事に、悠利達はごくりと喉《のど》を鳴らした。真顔で呟いてしまったが、彼らは特に悪くはない。普段の言動がアレなのでうっかり忘れてしまうだけで、ウルグスは確かにお坊ちゃまなのだ。代々王宮務めの文官を輩出している家は、たとえ貴族でなかろうと名家になるだろう。

少なくとも、ザ・庶民である悠利達からしてみれば、十分にお金持ちだし凄《すご》いお家《うち》だ。ウルグス本人は実家のことを特に何とも思っていないというか、むしろ色々と面倒くさがっているしお坊ちゃま扱いには不満があるらしいが。事実は変えられないのでそこは仕方ない。

「マグはどうなの？　ワイバーンに乗るの初めてだよね？　怖くない？」

「……？」

「えーっと、空飛ぶの、怖いと思わないの？」

「諾」

それがどうしたと言いたげな態度だった。マグには怖いものがないのかもしれないと思う悠利。勿論、マグにだって怖いものや苦手なものはある。ただ、それはきっと、悠利よりも数が少ないのだ。恐らく。

暢気《のんき》な会話をしている悠利達の周りでは、仲間達が着々と準備を整えていた。今回ワイバーン便に乗って港町ロカへ行くのは、総勢十二人の大所帯だ。

引率者としてアリー、フラウ、ティファーナの指導係の三人。見習い組は四人全員。訓練生からは、クーレッシュ、レレイ、ヘルミーネ、イレイシアの四人。そこに悠利とルークスが加わるので、十二人と一匹となる。以前、温泉都市イエルガに出掛けたときの人数が九人だったので、それよりも更に多い。

なので、今旧知のワイバーンと親しげに会話を楽しんでいるブルックは、お留守番だ。自分は出掛けないが、陸路で行くと時間がかかるということで、こうしてワイバーン便を手配してくれているのだ。帰りもきっちりお迎えに来てくれる手続きは済んでいる。

「お前ら、一泊二日の休暇とはいえ、忘れ物がないようにしろよ」

「「はーい！」」

わいわいがやがやしている一同に、アリーの忠告が飛ぶ。アリーの言葉の通り、今回の港町ロカ行きは、休暇だった。一泊二日で港町で楽しく遊ぼうという、ただそれだけの休暇なのである。前回の温泉都市イエルガ行きは訓練を兼ねていたが、今回は本当に何もないただの休暇なので、皆もはしゃいでいるのだった。

何故《なぜ》こんな風に休暇として港町ロカに向かうことになったのかというと、話は数日前へと巻き戻る。


「海水浴、ですか？」

「あぁ、そうだ」

アリーが口にした提案に、悠利はきょとんとした。ハローズに連れられて港町ロカから戻ってきた翌日、改めてどんな風に過ごしたのかを報告していたときのことだ。突然の話題についていけず、悠利は小首を傾《かし》げていた。

「この間のイエルガ行きは、訓練を兼ねていたから連れて行けなかった奴《やつ》らもいるだろう？　他の土地を知るのは経験として悪いことじゃないから、どこかへ連れて行くかと相談していたんだ」

「なるほど。それで、ロカの街で海水浴ですか」

「あそこなら、海水浴といっても地元の人間が遊びに来るような雰囲気の場所だからな。気軽に行ける」

アリーの説明に納得した悠利だが、続いた言葉にはて？　と首を傾げた。言われていることがよく解らなかったのだ。

悠利にとって、海水浴とは気軽に遊びに行く場所だった。家族や友人と海を楽しむために赴く場所だ。

「気軽に行けない海水浴場ってあるんですか？」

「金持ち御用達《ごようたし》の場所に行くと色々と面倒くさい」

「……あー、リゾート地のビーチみたいな……」

「何も考えずに子供《ガキ》共を遊ばせる場所という意味で、ロカがぴったりなんだ」

「よく解りました。皆、喜ぶと思いますよ」

この提案を聞いて大はしゃぎするだろう仲間達を思い浮かべて、悠利はにこにこと笑った。《真紅の山猫《スカーレット・リンクス》》にもお休みの日はあるが、わざわざ皆で出掛けることはほぼない。最近では、全員共通の休みの日はバーベキューなどで盛り上がる感じだ。だからこそ、休みに遠出で遊びに行くというのは、皆が喜びそうだと思った悠利である。

ましてや、向かう先は港町ロカの海水浴場だ。王都ドラヘルンは内陸にあるため、海とは縁遠い。

川や湖は存在するが、やはり海はまた別枠だろう。

「海水浴に行くとなると、水着の準備がいりますね」

「その辺はあいつに話を通してある」

「あいつ？」

「レオポルドだ。服飾関係にも顔が利くからな」

「安定のレオーネさん」

悠利の脳裏に、「お姉さんに任せなさい」と素敵な笑顔でウインクをするレオポルドの姿が浮かんだ。美貌《びぼう》のオネェはお洒落《しゃれ》にも余念がなく、服飾関係者との付き合いも深かった。衣服だけでなくアクセサリーや靴までカバーしているのは流石である。なので、こういうときは素直に協力をお願いするのが吉だ。

「お前も適当に一着見繕えよ」

「了解です」

「出掛けるメンバーは希望者で調整するが、お前の方からも声をかけておいてくれ」

「はい」

各々の仕事の調整もあるし、休みの日は出掛けずにゆっくりしたいと考える者もいるだろう。その辺りは個人の自由だ。まして今回は本当に遊びに行くだけなので、引率者以外は希望者で固める方針だった。

「アリーさんは行くんですよね？」

「あぁ。後は指導係から誰《だれ》かを連れて行くつもりだ」

「海、楽しみですね！」

夏休みのお出掛けみたいだなと思いながら、悠利は笑顔を浮かべるのだった。


そんなやりとりから数日後の本日、遂《つい》に完全休暇の港町ロカへの海水浴イベントが決行されたのである。一泊二日だがこれは思いっきり遊ぶための日程なので、思う存分楽しめというアリーの心遣いだ。

そんなわけで、普段は厳しい指導係の皆さんも今日ばかりは大はしゃぎの面々を咎《とが》めはしなかった。むしろ、フラウとティファーナの二人も海を楽しみにしているようだ。

「海へ行くことはなかなかありませんし、泳ぐとなると更に珍しいですから、楽しみですね」

「あぁ。泳ぎの練習も出来るしな」

「フラウったら……」

遊びに行くんですよ、と鍛錬と勘違いしていそうなフラウに困ったように笑うティファーナ。彼女は純粋に遊びに行くのを楽しんでいる感じだった。ティファーナは王都ドラヘルンで生まれ育っているので、海にはなかなか縁がないのだ。

「わーい、またワイバーンに乗れるー！　ブルックさん、ありがとうございますー！」

「気にするな」

「お礼に、ロカの街でスイーツ探してきますね！」

「期待している」

「お任せください」

くるくるとその場で回りながらうきうきしているヘルミーネ。テンションの高い彼女を適当にいなしていたブルックだが、絶品スマイルで告げられた言葉には食い気味で返事をした。今日もブルックは甘味の虜《とりこ》だ。

あの二人は相変わらずだなぁと見詰める仲間達の視線があるが、当人達はまったく気にしていなかった。どういう感じの甘味が良《い》いかという相談をしている。港町に行ってまでスイーツを探すんだ、と誰かが呟《つぶや》いたが、聞こえなかったらしい。

「ユーリとイレイスはこの間行ってきたばっかりだよな？　ロカってどんな街なんだ？」

「僕らは街しか見てないんだけど、賑《にぎ》やかだったよ」

「賑やか？　イエルガみたいな感じか？」

「もっとこう、雑多で庶民的な賑やかさっていう感じ？　何かこう、熱量が凄い感じ」

「解《わか》るような解らんような……」

クーレッシュの問いかけに、悠利《ゆうり》は自分が感じたことを素直に伝えている。しかし、イマイチ上手に伝わらないらしい。しばらく二人であーでもないこーでもないと会話をしていたが、なかなか通じないので彼らは真面目《まじめ》な顔になって頷《うなず》いた。

そして――。

「とりあえず、行けば解ると思うよ」

「そうだな。行けば解るな」

「……お二人とも、相互理解を放棄されましたわね……」

隣で二人の会話を聞いていたイレイシアは、苦笑しながら呟いた。なお、悠利とクーレッシュは、問答を繰り返しても埒《らち》があかないと思っただけである。

「全員準備出来たか？　乗り込め」

「あ、アリーさんが呼んでる。行こう」

「おう」

「はい」

呼びかけが聞こえたので、三人は小走りでワイバーンの許《もと》へ向かう。既に仲間達は順番に籠《かご》の中へ入っていた。今回は前回よりも人数が多いからか、籠がもう少し大きなものになっていた。それでも、内部構造はあまり変わりはなく、皆《みんな》は思い思いの場所に座って準備をしていた。

悠利達三人が中に入り込むと、最後にアリーが籠に足を踏み入れる。身体《からだ》半分だけ籠に身を入れたアリーはそこで一度振り返り、見送りとして立っているブルックを見た。

「留守を頼む。まぁ、残ってる面々ならそうそう面倒事は起こらんと思うが」

「そっちの方が大変そうだが、まぁ、頑張ってこい」

「何で休暇で頑張らないといけねぇんだ」

「家族サービスのときはお父さんが頑張るものだろう？」

「誰がお父さんだ！」

「『お父さん、よろしくお願いしまーす！』」

「お前らも便乗するんじゃねぇ！」

表情こそいつも通りだが、相棒をからかう気満々のブルックの発言にアリーが怒鳴る。なお、楽しげに便乗した背後の仲間達にも同じように怒声が飛ぶ。周囲は何事だと言いたげな視線を向けてくるが、彼らは気にしなかった。《真紅の山猫》は今日も賑やかだ。

アリーの怒りの矛先が中の面々に向いたのを理解したブルックは、ワイバーンの許へ歩いていきその太い首を軽く叩《たた》いた。親愛の情を込めた挨拶《あいさつ》に、ワイバーンは一声嬉《うれ》しそうに鳴いた。

「皆を頼む。それと、悪いが明日もな」

「グルル」

「あぁ、解っている。今度店に顔を出す」

「ギャウ」

「ではな」

ごく普通にワイバーンと会話をしているブルック。《真紅の山猫》の面々はまったく気にしていないが、周囲は驚いた顔をして見ていた。当人としては友人と会話をしているだけなので、周りの視線など知ったことではないのだろうが。

ブルックがワイバーンから離れると、ワイバーンはゆるりと起き上がる。籠を揺らさないように気を付けながら前足で抱え、翼をばさりとはためかす。

「それでは皆、楽しんでこい」

「「行ってきまーす！」」

手を振るブルックの姿を窓から見ていた見習い組が、元気よく挨拶をした。悠利もひょこっと顔を覗《のぞ》かせながら手を振っている。実に微笑《ほほえ》ましい光景だった。

次の瞬間、ワイバーンは空へと飛び上がる。彼に抱えられた籠も同じく。経験者は気にしていないが、初めて空を飛ぶ面々は驚いたように声を上げた。

「うわわわ……！　本当に飛んでる……！」

「うぉっ、やっぱり浮上するときはちょっと揺れるんだな……」

「二人とも、大丈夫？」

「う、うん。驚いただけ」

「上昇しきったら揺れないんだな。なら、大丈夫だ」

「良かった。気分が悪くなったとかだったらどうしようと思って」

ヤックとカミールの返答に、悠利はホッとしたように笑った。慣れない空の旅なので、乗り物酔いみたいになったらどうしようと心配していたのだ。その心配が杞憂《きゆう》に終わったことが嬉しかったのである。

ウルグスは特に何も気にしていない。普通の顔でクーレッシュ達と雑談をしている。彼は何度も乗っているということなので、問題ないのだろう。そこで悠利は、マグはどうしているだろうと捜してみた。

マグは、何故か窓にべったりと張り付いていた。どうやら外を見ているらしい。

「マグ、どうしたの？　何か面白いものでもあった？」

「空」

「え？　うん、空飛んでるからね」

「青」

「………ウルグスー！　通訳お願いー！」

　晴れ渡った青空を見詰めているマグの淡々とした答えは、相変わらずよく解らなかった。困った悠利は頼みの綱のウルグスを呼ぶ。いちいち俺を呼ぶなとぶつくさ文句を言いながらもやってきてくれるウルグスは優しい良い子である。

「で、どうした？」

「いや、マグがさ、空と青しか言わないから、良く解らなくて……」

「は？　ヲイ、マグ、どうした？」

「空、青」

「……あー、なるほど。確かにな。地上から見るより綺麗《きれい》な青だな」

「……解るんだ」

　単語を聞いただけでは意味が解らなかったウルグスだが、マグの表情と声音で判断したのだろう。納得したように頷いている。なお、傍らで聞いていた悠利とヤックには、何のことかさっぱり解らない。そもそも、マグの声音も表情もいつもと同じで淡々としている。そこにどんな感情が入っているのかは、彼らにはさっぱりだった。

そんな悠利達に向けて、ウルグスは説明を始める。安定のマグの通訳だった。

「飛んでる分、空が近いだろう？　いつも見てるより綺麗な青だって喜んでるんだよ」

「……あの単語でそれが解るウルグスが怖い」

「……あと、マグ、喜んでるんだ。いつもと同じに見えた」

「喜んでるだろ。めちゃくちゃ嬉しそうじゃねぇか。思いっきりはしゃいでるだろ」

「「解らない」」

ウルグスの言葉に、悠利とヤックは頭を振った。どこをどうしたらそう読み取れるのか、彼らにはさっぱりだった。マグの感情表現を理解する道のりは遠そうだ。

「こうして空を飛ぶというのも、滅多にない経験ですよね」

「あぁ、まったくだ。……やはり、上空を取れるというのは良いな」

「……フラウ？」

「羽根人が弓の名手と言われるのも納得だ。頭上から見下ろす形になれば広範囲を担当出来る」

「フラウ、今日は休暇なんですよ」

「どうした、ティファーナ？」

「貴方《あなた》はちょっと、頭の中を切り替えてください。私達は遊びに行くんですからね？」

「勿論《もちろん》そのつもりだが……？」

大真面目な顔で物騒な内容を呟いていたフラウは、困ったようなティファーナの言葉に首を傾《かし》げている。どうやらまったく自覚がないらしい。休暇で海水浴に出掛けるというのに、脳内が弓兵としての視点で埋まっているフラウ。ちゃんと切り替えてくださいと、ティファーナが小言を口にするのも無理はなかった。

高みを目指すのは決して悪いことではないが、それとこれとは話が別だ。遊ぶときにはちゃんと遊んでほしいものである。

「……フラウさん、相変わらず真面目というか何というか……」

「別に、飛べるからって弓使いとして物凄《ものすご》く優れてるわけじゃないのにー」

「そうなの？　空飛べたら、敵の姿が見えて楽に倒せそうだけど」

「バカねぇ、レレイ。飛んでるからこそ上手に身を隠さないと、敵に見つかっちゃうじゃない。隠れたり逃げるために高度を上げすぎたら、今度は攻撃が当たらないわよ」

「あ、そっか」

ヘルミーネの説明に、レレイはポンと手を叩いて納得した。空飛べたら強いと思ったんだけどなーと暢気《のんき》に笑っているレレイに、やれやれと言いたげなヘルミーネだった。確かに空を飛べるのは便利だが、逆に困る点もついて回るものだ。一長一短である。

そんな風にわいわい騒いでいる皆を見て、一人静かに座っていたアリーが面倒そうに口を開いた。

「お前ら、道中好きに過ごして良いが、籠の中で暴れるのだけは止《や》めろよ」

「「はーい」」

実に元気の良い返事だった。こんな狭い籠の中で暴れたらどうなるかぐらいは解っている。問題は、暴れるまでいかなくても、騒ぐことで何か不都合が起きる場合がありそうというぐらいだろうか。

　そんなこんなで、なんやかんやと賑やかなまま港町ロカへの空の旅は続くのでした。

　なお、外の景色を交代で見るために窓争奪戦が起こったりしたのですが、まだ許容範囲でした。引率者は大変です。

◇◇◇

「この辺はビーチになってるんだねー」

　目の前の光景を見て、悠利は楽しそうに笑った。目の前に広がるのは真っ白な砂浜と、広大な海だ。食料を売ったり道具を貸し出している海の家のような建物も見える。砂浜にはパラソルやベンチ、テーブルなどが点在していた。貸し出し用の道具らしい。

　港町ロカに到着し、本日の宿に荷物を運び、そこで水着に着替えた一行は海水浴場へと足を運んでいた。本日のメインイベントである。何はともあれ海を堪能《たんのう》するのだと言わんばかりだ。

「ところで、僕ちょっと気になることがあるんだけど」

　着替えを済ませてビーチに集合した状態なのだが、集まった仲間達を見て悠利は首を傾げている。彼の視線の先にいるのは、レレイとマグ。どちらもちゃんと水着姿で、別に何一つおかしいところなどない。海で遊ぶ恰好《かっこう》である。

　ただ一つ、悠利に疑問を抱かせたのは、彼らが小脇《こわき》に抱えている物体だった。

「何でレレイとマグ、浮き輪持ってるの？」

「確かに」

悠利《ゆうり》が口にした疑問に、その場に居合わせた他《ほか》の面々が異口同音に呟《つぶや》いた。そう、レレイとマグが持っているのは浮き輪だ。水着は手持ちだが、浮き輪は借り物である。だがしかし、いくら貸し出しがあるからといって、何で彼らが浮き輪を持っているんだろうと皆が思ったのである。

そんな皆の疑問に、二人はあっさりと答えた。

「何でって、泳げないからだよ？」

「同じく」

「「泳げない⁉」」

「何でそんなに驚くのさー」

「不満」

あっさりと伝えられた衝撃の事実に、一同絶叫。不満そうなレレイとマグには申し訳ないが、居合わせた面々は、誰《だれ》一人として彼ら二人が泳げないなんて思わなかったのだ。青天《せいてん》の霹靂《へきれき》だったのである。

それというのも、レレイもマグも運動神経が物凄く良《い》いからだ。

レレイは猫獣人の父親から身体能力を受け継いでいるのもあって、身軽な上に力もある。走っても跳んでもかなりの身体能力を披露する。

マグはマグで、スラムを一人生き抜いてきたことで鍛えられたのか、年齢の割に身体能力が高いのだ。力はないが、速さや身のこなしの軽さなどは他の面々より飛び抜けている。

なので、その二人の口から泳げないと伝えられて、信じられないと思ったのだ。しかし、一応彼らにも言い分はある。

「だって、あたし海とか川とかに泳ぎに行ったことないんだもん」

「水、なかった」

「こいつも陸地生活ばっかりで、泳ぐような場所に縁はなかったって」

「「通訳凄《すご》い」」

「通訳言うな！」

それぞれ自分が泳げない理由を説明したレレイとマグ。マグの説明はよく解《わか》らないので、いつものようにウルグスが通訳をした。どう考えても通訳なので、怒っても説得力がない。

とりあえず、何故《なぜ》二人が浮き輪を持っているのかを理解した一同だった。泳げないというのは驚きだったが、泳げないなりに海を楽しもうと思っているらしいので、それなら良いかと思う一同だった。

そこでふと、イレイシアが何かを思いついたように口を開く。

「あの、レレイさん、マグ。よろしければ、わたくしが泳ぎ方をお教えしましょうか？」

「え？　イレイス教えてくれるの？」

「……？」

「基礎ぐらいでしたら教えられるかと思います」

「わーい、やったー！　ありがとう、イレイス！」

「感謝」

人魚であるイレイシアは泳ぐのが得意だ。勿論、人魚である彼女と同じ方法でレレイやマグが泳ぐのは無理である。どう考えても息が続かない。けれど、逆にイレイシアと一緒ならば、うっかり溺《おぼ》れたりしても簡単に助けてもらえるので安全ではある。

仲間内で水泳教室が開かれようとしているのを横目に、悠利は他の面々に聞いてみた。

「浮き輪を持ってないってことは、皆《みんな》は泳げるんだよね？　どこで習ったの？」

「『川で遊んで覚えた』」

「クーレとヤックって、割と似たような経験してるところあるよね？」

「まぁ、山村か平地の村かって違いだけで、ほぼほぼ似たような感じで育ってるだろ」

「川で遊びながら泳ぎ方覚えて、小魚とか捕るのが子供の仕事だったんですけど、クーレさんもですか？」

「そうそう。デカい魚を捕って夕飯のおかずにするやつな」

「それです！」

「わー、仲良しー」

悠利をそっちのけで農民あるあるトークみたいなことを始める二人だった。クーレッシュは山間の村出身だが、家は畑を耕し自給自足をしていたし、ヤックはヤックで農家の息子である。彼らは結構共通点が多いのだ。

「カミールは？」

「いざというときに泳げないと商売に支障を来すってことで、親に習わされた」

「支障を来すって？」

「船が転覆したときに生き延びるため」

「商人って、結構ハードな想定するんだね……」

爽《さわ》やかな笑顔で恐ろしいことを言うカミールだった。商人は何だかんだで命がけなので、どんな状況でも命を守って生き延びることが大切なのだとか。商品も大事だが、死んでしまっては意味がないというのがカミールの家の教えらしい。その教えには同意出来る悠利だった。

ちらりと視線を向けられたウルグスとヘルミーネは、顔を見合わせてさくっと答えた。

「湖に遊びに行ってそこで覚えた」

「私もー。湖は波がなくて泳ぎやすいからって」

「二人は湖派なんだね。となると、クーレ達もそうだけど、浮力が違うから気を付けてね」

「「浮力？」」

「海は塩水だから、真水より身体《からだ》が浮くんだよ。浮かないよりは大丈夫だと思うけどね」

にこにこ笑顔の悠利の説明に、なるほどと頷《うなず》く一同。そう、海は湖や川よりも浮力があるので、簡単に浮く。浮かない方で練習して、浮く方に来ているのでまぁ問題はないだろう。これが逆だった場合、浮くと思って飛び込んだ湖で沈む恐怖を味わうことになる。

勿論、湖や川でもちゃんと身体は浮く。慌てなければ普通に泳げる。ただし、海に慣れた人にとっては、思ったように身体が浮かず、重く感じるらしい。それが原因で溺死《できし》する人もいるので、浮力の違いを侮ってはいけないのだ。

「泳ぐのは構わないが、ちゃんと準備運動してからにしろよ。足をつるぞ」

「「はーい」」

「うふふ、良いお返事ですね」

「まぁ、今日は休暇だからな。存分に楽しめば良い」

盛り上がっている悠利達に声をかけてきたのは、遅れてやってきた指導係三人だった。こちらも水着姿で、海を満喫する雰囲気が出ている。

男性陣の水着は全員ほぼ同じ形のハーフパンツタイプで、悠利やマグは上着を羽織っている。マグはさらに、首にぐるぐると薄いスカーフを巻いていた。いつものマフラーを巻くことが出来ず、首を無防備に晒《さら》すことに抵抗したマグに、レオポルドが妥協案として与えたのが薄手のスカーフだった。衣装担当のオネェを折れさせる程度には強情だった。

対して女性陣は、バリエーション豊かな水着姿である。普段の服装でも女性の方が色々なパターンがあるので、水着もそんな感じだった。

大人の女性であるティファーナとフラウは、その見事なスタイルを披露している。どちらも腰にパレオを巻いているのだが、その隙間《すきま》からちらりと見える生足が見事である。他の利用者がちらちらと視線を向ける程度には魅力的だ。

イレイシアはワンピースタイプの水着を着ている。それだけならいつもの姿と変わらないかと思いきや、袖《そで》付きのワンピースなので印象がいつもと異なる。普段はノースリーブのワンピースを着用しているイレイシアなので、水着の方が露出が少ないという不思議な現象が起きていた。

ヘルミーネはツーピースタイプの水着で、可愛《かわい》らしいフリルが印象的なデザインの水着を着ている。その状態で時々感情の高ぶりでぶわっと白い羽が露《あら》わになるので、何とも幻想的だ。……黙っていれば。

レレイはといえば、動きやすさを重視したよ！　みたいな水着だった。彼女に関してはレオポルドも色々と諦《あきら》めたらしい。最初は可愛い水着を薦めていたのだが、笑顔で「動きやすいのが良いです！」と言い切られてしまい、タンクトップの上半身とショートパンツの下半身みたいになっている。

まるで少年みたいな恰好だが、それでも彼女の健康的な魅力は損なわれていない。むしろ、ヘタに可愛らしさを重視したデザインにしなかったことで、楽しそうに笑う姿が強調されている。浮き輪を小脇に抱えているのもご愛敬《あいきょう》だ。

……つまるところは、女性陣は誰も彼もがナンパされそうなぐらいに素晴らしい出来映えなのだ。普段着とは違う水着の魅力に、おーとこっそり拍手をしている少年達だった。美人は目の保養です。

「こうやって改めて見ると、うちの女性陣って美人が多いですよね」

「美醜に関してとやかく言うと、女の恨みを買うぞ」

「解ってます。褒め言葉でも言われたくない人もいるってことですよね？」

「あぁ。……まぁ、うちの奴《やつ》らは褒められたら素直に喜ぶだろうがな。特に、お前達のように下心

がなければ」

「下心があった場合は、色々とその後が怖いなと思うのは僕だけですか」

「冒険者の集団だからな」

「ですね」

わいわいとお互いの水着姿を賞賛し合っている女性陣と、それを見てはしゃいでいる男性陣。その輪から少し離れて悠利とアリーはのんびりと会話をしていた。

なお、あちらこちらから飛んでくるナンパ目的であろう視線に関しては、アリーが一度ぐるりと周囲を見渡して牽制《けんせい》することで随分と減った。もはや完璧《かんぺき》に保護者だった。

「おー、見事な牽制」

「うるせぇ」

「アリーさん、やっぱり何だかんだで優しいですよね」

「騒動を起こされたくないだけだ」

「……なるほど」

しつこいナンパを相手に手が出そうな面々がいるのを理解して、悠利は素直に頷いた。ぶっちゃけ、綺麗《きれい》な花にはトゲがあるを地で行きそうな面々だ。一番穏便に終わりそうなのはイレイシアだが、彼女がナンパされて困っていたら他の面々がお話をしに行くだろう。考えるまでもない。

その結果、のどかなビーチに似つかわしくない光景が広がることになるだろう。そんなことにならないように、見知らぬナンパ男の皆さんに軽率なナンパはお控えくださいと胸中で呟く悠利だった。口に出さない程度の分別はあった。

「そうだ、ユーリ、あっちに休憩場所を確保してあるからついてこい」

「休憩場所？」

「飲み食いする場所があった方が良いだろう。今回は人数が多いから一カ所、荷物置き場にテーブルや椅子《いす》を借りてある」

「なるほど。確かにそういう場所があると、遊び疲れたときに休憩出来て便利ですね」

アリーに連れられて悠利は歩く。サンダルの隙間から砂がちょっと入ってくるが、それもまた浜辺の醍醐味《だいごみ》というところだろう。向かう先には、パラソルではなく運動会のときに見るような天幕っぽいものがあった。その下にはテーブルと椅子が幾つか。

そして、悠利を困惑させる影が一つ。

「いらっしゃい、ユーリくん。何か飲みますか？」

「え？　ジェイクさん？　何でいるんですか？」

「何でって、僕、数日前から調査のためにロカに行くって言いましたよね⁉　調査終わったら合流するって」

「……あぁ、そういえばそうでした」

「ユーリくん、何か僕のこと物凄《ものすご》くどうでも良い扱いしてませんか……？」

うっかり忘れていた悠利と、がっくりと肩を落とすジェイク。皆と海水浴というのが楽しみすぎて、先行して港町ロカに来ていたジェイクの存在を忘れていたらしい。

「すみません、ジェイクさん。ついうっかり」

「僕、最近思うんですが、君、結構僕の扱いが雑ですよね？」

「お前の扱いが雑なのはメンバー共通だと思うがな」

「アリー、それひどくないですか!?」

「我が身を省みろ」

にべもなく言い放つアリーの隣で、悠利《ゆうり》は大真面目《おおまじめ》に頷いていた。ちなみに、悠利の足下でルークスも同じように頷いていた。気を抜くとアジトで行き倒れるようなダメ大人なので、ジェイクに対する皆の扱いは雑だった。

まぁ、雑に扱われていようとも怒ることなく、ひどいなぁとぼやく程度で終わらせるジェイクだからこそというのもあるが。根本的に負の感情に乏しい学者先生である。

「ところで、ジェイクさんも水着を着ているということは、泳ぐんですか？」

「いえ、別に泳ぐつもりはないんですけどね。気分です」

「気分」

「海水浴をする場所に来たので、着るだけ着ようかなと思って。レオーネに薦められて買いました」

「……気分だけ楽しむって感じですか？」

「そんなところですね。……泳げないわけではないんですけど、体力が心配で」

「体力が心配」

水着を着てはいるが、悠利のように上着を羽織っているジェイク。恰好《かっこう》だけなら海水浴を楽しむのかと思えたが、当人は大人しく引きこもっているつもりらしい。泳げるが体力がヘタをしたら一般人以下のジェイクなので、賢明な判断だ。

自分をよく解《わか》っているという意味では賢いのだろうが、臆面《おくめん》も無《な》くそれを言うのはどうなんだろうと思う悠利だった。学者という戦闘に不向きな職業《ジョブ》とはいえ、一応彼も《真紅の山猫《スカーレット・リンクス》》の一員だというのに。

「とりあえず、こいつがここで荷物番をしてるから、お前は気にせず遊んでこい。俺もいるしな」

「アリーさんが荷物を見てくれているなら安心ですね！」

「ユーリくん、僕もいるんですけど」

顔を輝かせてアリーを頼る悠利に、思わず口を挟むジェイク。そんなジェイクを、悠利はちょっと困ったような顔で見た。

「だって、ジェイクさん、本を持ってるじゃないですか」

「ええ、持ってますけど、それが？」

「読書に集中するとこっちの声も届かなくなるジェイクさんが荷物番って言われても、ちょっと不安が」

「え」

「間違ってねぇな。まぁ、心配するな。荷物は俺が見てる」

「ありがとうございます」

「アリーもユーリくんもひどいなぁ」

はぁ、と溜息《ためいき》をつくジェイクであるが、二人の反応は当然と言えた。本の虫になってしまうジェイクが悪いのだ。しかも、すぐに読書に戻ってしまう。本気で自分の扱いを改善したいと思っているのかとツッコミたくなる。

そんなジェイクを放置して、アリーは悠利に注意事項を伝える。

「他《ほか》の奴らにはフラウ達が伝えてるだろうが、泳いで良《い》いのはロープの張ってある場所までだ。その先には出るんじゃないぞ」

「あ、はい。沖に出ると漁の邪魔になるとかですか？」

「いや、魔物が来る」

「……え」

「あのロープに魔物除《よ》けが施されている。だから、その内側で遊べ」

「了解です……！」

真顔で告げられた言葉に、悠利は大真面目に頷いた。波が強いとか、漁の邪魔になるとか、そういうレベルではなかった。一歩街の外に出ると魔物が闊歩《かっぽ》する世界は、やはりひと味違った。

なお、目印はロープだがそのロープの下には網が海底まで降ろされている。早い話が、ロープの内側を網で囲っているのだ。そうすることで、うっかりロープの外へ出てしまわないように工夫がされている。

そこでふと、悠利は自分の足下でぴょんぴょんと飛び跳ねているルークスを見下ろした。賢く可愛く優しいルークスであるが、歴《れっき》とした魔物である。そのルークスは大丈夫なのだろうかと心配になったのだ。

「あの、アリーさん、ルーちゃんは大丈夫なんですか？　魔物除けで怪我《けが》をしたりは……」

「あん？　施されてるのは海の魔物を遠ざける処置だから、スライムのこいつは平気だろ。別に不愉快そうでもねぇしな」

「そうなの、ルーちゃん？　大丈夫？」

「キュ？」

「思いっきり大丈夫そうだぞ」

「ですね」

何が？　とでも言いたげに首を傾《かし》げるルークス。その愛らしさにメロメロになりつつも、可愛い従魔が魔物除けの影響を受けていないことに一安心する悠利だった。これで、心置きなく一緒に海で遊べる。

アリーに荷物を頼むと、悠利はルークスと連れだって海の方へと走っていく。既に仲間達は楽しそうに遊んでいた。

「お、ユーリやっと来たかー。何話してたんだ？」

「休憩場所の説明と、ロープの外に出ちゃダメっていう注意を聞いてた。ジェイクさんとアリーさんが荷物番してくれるって」

「リーダーがいてくれるなら安心だな」

「「確かに」」

「やっぱりそういう結論になるよね」

大真面目な顔でクーレッシュが呟《つぶや》くと、他の面々も力一杯頷《うなず》いた。他に結論は出ない。ジェイク一人ならちょっと心配になるが、アリーがいてくれるなら大変心強いというのは共通認識だ。リーダー様への信頼のなせる業である。

「それで、皆《みんな》は何してたの？」

「とりあえず競争したり、潜って珍しい石を拾ったりしてた」

「マグとレレイさんは、イレイスさんに泳ぎ方を教わってる」

「あ、本当だ」

あっち、とウルグスが示した先では、浮き輪を身につけたレレイとマグが、イレイシアに手ほどきを受けていた。顔を水につけるとかは別に怖くないらしく、二人とも笑顔で練習をしている。彼らは単純に泳ぐ機会がなかったので泳げないというだけなのかもしれない。水をまったく怖がっていないので。

なお、上着はちゃんと脱いでいるが、何故《なぜ》かスカーフは装着したままのマグだった。ウルグスが上着と一緒に回収しようとしたのだが、全力で抵抗されたのでそのままになっている。ぺたりと肌に張り付いて気持ち悪くないのかと皆が思うのだが、それ以上に急所を晒《さら》す方が嫌らしい。マグのこだわりはよく解らない。

そんな三人の傍らにはティファーナがいて、イレイシアの水泳教室を見守っている。顔を付けずに器用に泳いでいる姿を見て、ちょっと感心する悠利だった。平泳ぎでずっと顔を上げたままみたいな感じだった。何故アレで泳げるんだろうと思ってしまう。

「ユーリ、見てー！　綺麗な石があったのよ！」

「ヘルミーネ、それ潜って取ったの？」

「うん。この足下にね、とっても綺麗な石がいっぱいあるの。ほら」

「わぁ、本当だ。綺麗だねー」

「でしょー」

ヘルミーネが見せてきたのは、角の取れたツルツルとした石だった。色は乳白色のものから、透き通って色が付いたものなど、様々だ。少し加工すればアクセサリーや置物に使えそうな石だ。

ヘルミーネはそれを、素潜りで取ったのだ。素潜りとはいえ、今彼らがいるのは浅瀬に近いので、それほど深くはない。波もさほどなく、子供でも潜って取れる。他にもちらほらと潜って取っている子供達の姿が見える。

「ユーリも探してみたら？」

「そうだね、潜ってみようかなー」

「いや、お前どうやって潜るんだ？」

「え？」

「眼鏡、濡《ぬ》れたら前見えないだろ？」

うきうきしている悠利に、クーレッシュがツッコミを入れる。悠利は眼鏡がないと日常生活を送るのも困るぐらいに視力が悪い。水辺で遊ぶぐらいならともかく、潜るのは大丈夫か心配になったらしい。

そんなクーレッシュに笑みを浮かべて、悠利はじゃじゃーんとパーカーのポケットから秘密道具を取りだした。

「このゴーグルを付けるから大丈夫だよ！」

「うぉっ。何だそれ……？」

「眼鏡の上から付けて水が入らないようにする道具。特注で作って貰《もら》った」

「……お前、何だかんだで職人の皆さんに顔が広いよな……？」

「レオーネさんとブライトさんに話をしたら、職人さんを紹介してくれたんだよねー」

「そしてあの人達も相変わらずお前に甘い」

「ちゃんとお金払ってるよ？」

きょとんとしている悠利に、クーレッシュはそういう意味じゃないと呟いた。見たこともない道具を作って貰っている段階で、十分甘やかされている。既存の道具を作るとか、既存の道具を基にオーダーメイドとかでも職人は忙しいだろうに、まったく新しい道具を作って貰うというのはかなり特別だ。

なお、悠利が取りだしたのはスキーゴーグルみたいな道具だ。顔の上半分をかぽっと覆えるような透明のゴーグルで、眼鏡の上から装着出来るようになっている。これを装着すれば、眼鏡をかけたまま泳いだり潜ったり出来る。

本当は、度入りのゴーグルが欲しかったのだが、流石《さすが》に無理だった。というか、水中ゴーグルというものを職人さんが知らなかったので仕方ない。特注でこのゴーグルを作ってくれただけでも十分助かっている。

「ユーリって、次から次へと変なもの作っちゃうわよねー」

「だって、僕も海で遊びたかったし」

「そいつで眼鏡はどうにか出来るのは解ったが、上着どうすんだ？　濡れるぞ？」

「………ルーちゃん、預かってー！」

「キュキュー！」

「いや、スライムの体内にしまうなよ！　荷物置き場に置いてこいよ！」

素直なルークスは悠利の上着を預かると、そのままぴょんぴょんと飛び跳ねていった。どうやら、悠利とクーレッシュのやりとりから、上着は荷物置き場に預けるのが正解と判断したらしい。お役立ちスライムである。

「……自主的に届けてくれたぞ」

「……流石ルーちゃん、優しい」

「優しいっつーか、賢いだな。怖いくらいに」

「ルーちゃん、ありがとー！」

「キュピー！」

悠利にお礼を言われて嬉《うれ》しそうにするルークス。上着を受け取ったアリーがちょっと諦《あきら》め顔で見ていたが、細かいことは気にしないことにした悠利《ゆうり》だった。気にしたら負けだ。

ゴーグルを装着し、ヘルミーネと一緒にとぷんと水の中へ潜る。澄んだ水なので視界は良好だ。ゴーグルも隙間《すきま》から水が入ることもない。それなりに泳げる悠利なので、石を拾っては浮上してを繰り返して遊んでいる。

上着を預けて戻ってきたルークスは、そんな悠利をちょっと寂しげに見ていた。スライムはぷかぷか浮いてしまうので、潜れないのだ。身体《からだ》の一部を伸ばして見ても、浮力に敗北してぷかーっと戻ってきてしまう。悠利と一緒に遊べなくてちょっと寂しそうだった。

そんなルークスを見かねたのか、ヤックが声をかける。

「ルークス、オイラ達と競争しない？」

「キュイ？」

「キュピ！」

「あそこの岩までの距離を競走してるんだ」

ヤックに誘われて、ルークスはぱぁっと目を輝かせた。ルークスは潜ることは出来ないが、身体の一部をちょろりと伸ばして水を掻《か》くことで泳ぐことは出来る。ヤックのお誘いに俄然《がぜん》張り切るのだった。

「おっ、ルークスもやるのか？　負けねぇぞ」

「スライムと競争するとか、滅多にない経験だよなー」

「キュ！」

「クーレさん、合図お願いします！」

「りょーかい。ほら、位置についてー」

ウルグスとカミール、ヤックとルークスが並んで位置につく。スタートの合図を任されたクーレッシュは、楽しそうに笑いながら片手を上げた。

そして、勢いよく上げた手を振り下ろす。

「よーい、どん！」

かけ声とともにばしゃんと水面をクーレッシュの手が叩《たた》いた。次の瞬間、三人と一匹が弾《はじ》かれたように泳ぎ出す。最初に頭一つ抜け出したのはウルグスだ。やはり、体格と腕力の違いがスピードに影響したのだろう。

けれど、ヤックとカミールも負けていない。岩まではそれなりに距離があるので、ペース配分も大切だ。そして、ルークスもやる気満々で泳いでいた。

「クーレ、何やってるの？」

「いや、お前と一緒に遊べなくて拗《す》ねてたルークスが、ヤック達と競争してる」

「あ、本当だ。ルーちゃん潜れないもんね。次は一緒に遊べること考えなきゃ」

両手一杯に石を抱えた悠利が、クーレッシュの視線の先を見る。そこでは、競争をする三人と一匹の姿があった。自分がルークスを放置してしまったことを反省する悠利に、クーレッシュは気にするなと笑う。

「あっちはあっちで楽しそうだぞ。……って、うわ、マジか、ルークス」

「え？」

「アレ見てみろ」

次の瞬間、クーレッシュが小さく驚愕《きょうがく》の声を上げた。促されてそちらを見た悠利も、同じように目を点にした。

「……ルーちゃん、その形状はどう考えてもオール……」

「手漕《こ》ぎ船に使う奴《やつ》だろ……」

「アレは、勝てない……」

「えっげつねぇ……」

身体の真ん中辺りから横に伸ばした身体の一部を、ルークスはオールのような形にしていた。両《りょう》脇《わき》にオールを装着した、絶対沈まないスライム。何だアレはと思う二人だった。

案の定、水を掻くことに適した形状を選んだことによって、ルークスのスピードが物凄《ものすご》く上がっている。身体が小さいのでその分他《ほか》より遅れていたルークスだが、形状変化と持ち前の力でぐいぐいと追い上げていた。

負けじと三人も必死に泳ぐが、流石にちょっと分が悪い。結果、勝利したのはルークスだった。

「キュッピー！」

「ちくしょう、負けたぁあああ！」

「ルークス、その腕は反則だろ！」

「キュ？」

「もう一回！　もう一回勝負だ！」

やったーと飛び跳ねて喜んでいるルークス。本気で悔しがっているウルグス。水面をバシバシと叩きながら、訴えるカミール。よく解《わか》らずにこてんと首を傾《かし》げるような仕草をしているルークス。

そこへ、少し遅れて到着したヤックが、再戦を申し込んでいた。

何だかんだでとても楽しそうな光景だ。それを見て、一安心する悠利。ルークスもちゃんと海を楽しんでいるのが解って。

「何でユーリが嬉しそうなの？」

「え？」

「まるでユーリが勝ったみたいに嬉しそうよ」

「えへへ。ルーちゃんが楽しそうで良かったなぁと思って」

「お前、本当にルークス好きだよな」

「うん、大好き！」

不思議そうなヘルミーネの問いかけに、悠利は照れたように笑う。続いたクーレッシュの問いかけには、満面の笑みだ。強くて可愛《かわい》くて優しい従魔を、悠利は本当に大好きなのだ。

「そういえば、フラウさんは？」

「フラウさんなら、あそこ」

「……あの、凄《すご》い速さで動く水しぶき……？」

「勘を取り戻すとか言って、泳ぎまくってる」

クーレッシュが示した先では、それなりの速度で泳ぐ人影が見える。延々と泳ぎ続けているのはフラウらしい。一人でひたすら泳ぎ続けるという、実にストイックなことをしていた。

その光景を見た悠利は、思わず呟《つぶや》いた。

「……僕、たまに思うんだけど、フラウさんって鍛錬バカみたいなところあるよね……？」

「お前、そこはもうちょい言葉を選べ」

悠利の言いたいことは理解出来たが、言い方はもうちょっと考えてほしいクーレッシュだった。なお、ヘルミーネはそっと視線を逸《そ》らしていた。弓使いとしてフラウに指導を受けることが多いヘルミーネは、色々と思うところがあるのだ。

「とりあえず、ルークスはあいつらと楽しそうに遊んでるから、お前もお前で楽しめば良《い》いんじゃね？」

「そうだね。後でスイカ割りとかしようね！」

「……あー、お前がスイカ買い込んでたの、それが理由か……」

「海といえばスイカ割りだよね！」

呆《あき》れたようなクーレッシュに、悠利は晴れやかな笑顔で言い切った。海水浴を満喫するための準備は怠らない悠利だった。……何だかんだで悠利も大はしゃぎなのです。

そんなこんなで、楽しい楽しい海水浴はまだまだ始まったばかりです。たまにはこんな風に遊ぶのも良いことです。

◇◇◇

ぐぎゅるるる……。

何かの音が聞こえた。まるで、獣のうなり声のようなそれは、静かに、けれど確かに続いている。しかも、特筆すべきは、それが複数あることだろうか。

悠利が視線を向ければ、それまで元気にはしゃいでいた仲間達の何人かが、そっと腹に手を当てて目を逸らしていた。どうやら、彼らの腹の虫が鳴ったらしい。

「あはは。もうそろそろお昼ご飯の時間だもんね。何か食べようか」

「「賛成ー！」」

「それじゃ、海の家でご飯買ってこようー！」

「「おー！」」

悠利の提案に満場一致で賛成し、皆《みんな》は海の家へと向かう。途中で、一番足の速いレレイが荷物置き場へ走り、財布を手に戻ってきた。買い物をするにはお金が必要なので。

海の家では、店内で食べるのと持ち帰って食べるのと二種類が存在した。悠利達はテーブルや椅《い》子《す》を借りているので、持ち帰りを選択した。

焼き物や汁物料理、冷たい飲み物から手軽に食べられるパンなど、色々な料理が揃《そろ》っている。ついでにお酒もあったが、迷わずそちらへ向かいそうだったレレイの襟首は、察知したクーレッシュに掴《つか》まれていた。

ちなみに、クーレッシュがレレイを掴んだのは、食後にまだ泳ぎの練習が残っているからだ。流石に、飲酒した後に海に入るのは危ないので止めたのだった。

いきなり大人数で現れた悠利達を見ても、店員は驚きも慌てもしなかった。慣れているらしい。それぞれ思い思いに欲しいものを注文して、うきうきでアリーとジェイクが待機している休憩場所へと移動する。両手にたっぷり料理を抱えて戻ってきた悠利達を見て、ジェイクは楽しそうに笑った。

「いやー、たくさん買いましたねー。皆さんお腹《なか》減ってるんですか？」

「「腹ぺこです！」」

「あははは。それじゃ、椅子は譲った方が良いですかね？」

ゆっくりと椅子から立ち上がろうとしたジェイクだが、料理をテーブルに置いた面々は揃って頭を振った。きょとんとするジェイクに対して、それぞれ感想を口にした。

「あたし、立って食べるから平気でーす」

「オイラ、地面に座るんで大丈夫です」

「空いてる椅子でどうにかするんで平気です」

「アレ？　そうなの？　食事するなら椅子に座った方が良いかと思ったんですが」

「「ジェイクさんを立たせるのは心配なので良いです」」

「僕、流石に立ってるだけで倒れたりはしませんよ!?」

レレイ、ヤック、カミールの三人の言い分に首を傾げたジェイク。そんなジェイクに、三人は本心をぶっちゃけた。遠慮の欠片《かけら》もない。ジェイクの体力をまったく信用していなかった。

まぁ、言い方はアレだが、一応ジェイクを心配しているというのは全員共通なのだろう。その優しさに甘える結果になったジェイクは、ちょっとぼやきつつ皆が買ってきたジュースを飲んでいた。動いていないのでお腹はあまり減っていないらしい。

「足りなくなったらまた買いに行くから、喧嘩《けんか》しないで食べようねー！」

「「おー！」」

「それじゃ、いただきまーす！」

「「いただきます！」」

いつものように悠利の合図で唱和して、皆は海の家で買ってきた料理に手を伸ばす。育ち盛りの面々が騒々しく食事をするのを、大人組は飲み物片手に見守っていた。落ち着いてから食べるつもりらしい。割と正しい判断である。

「んー、甘辛い味付けが美味《おい》しー」

がじがじと悠利がかぶりついているのは、イカを丸ごと串《くし》に刺して焼いたものだ。焼いた後に甘辛いタレを塗ってもう一度焼いているらしく、炭火の香ばしさとタレの濃厚な味わいがマッチしている。

がぶりとかじり付けば、イカの弾力が歯に伝わる。けれど、随所随所に切り込みが入れてあるので比較的食べやすい。ぎゅっと濃縮された旨味《うまみ》も合わさって、匂《にお》いだけでも食欲をそそる。

「これ、パスタともうどんとも違うけど、美味しいよ！」

「何だろう、この麵《めん》。よくわかんねぇけど美味《うま》い」

「……え？　もしかして、何か解らずに買ってきたの？」

「「美味しそうだったから」」

「わぁ」

もぐもぐとレレイとウルグスが食べているのは、どう見ても焼きそばだった。中華そばあったんだなーと思った悠利《ゆうり》は、ソースの香ばしい匂いに誘われて焼きそばを購入した。が、隣で同じように購入していた二人は、まったく知らないで買ったらしい。

逆に、ソースの匂いだけで見知らぬ料理だろうと購入させてしまう魔力があるのかもしれない。海の家と焼きそばのコンボは強かった。

「それは焼きそばだから、うどんやパスタとは違う麵だよ。あ、そうだ。中華そばあるなら買って帰ろうっと。ラーメン作れるし！」

「料理じゃなくて麵を買うの？」

「麵を買ったらアジトでも作れるし」

通常運転の悠利だった。その悠利の発言に、レレイはハッとしたような顔をする。顔を輝かせて、悠利に問いかけた。

「ねぇ、それじゃあ、アジトでもこの焼きそばって作れるの？」

「んー、味付けに使うソースを作れば出来るかなー。あ、塩味の海鮮焼きそばなら簡単に出来るかも」

「やったー！　じゃあ、いっぱい麵買って帰ろう、ユーリ！」

「そうだね」

食欲の権化レレイは己の欲求に素直だった。ついでに、料理大好きな悠利も自分の欲求に正直だった。和気藹々《わきあいあい》と盛り上がっている二人の隣で、ウルグスは黙々と焼きそばを食べていた。

中太麵《ちゆうぶとめん》の焼きそばなので、食べ応《ごた》えがある。食欲をそそるソースの匂いと、それが焦がされた香ばしさが相乗効果を引き起こしている。具材はキャベツとタマネギと人参《にんじん》と魚介だった。海の家らしく、ふんだんにイカや貝柱、海老《えび》などが入っている。

「……っていうか、お前良くそれ食べられるよな？」

「え？　それって、イカのこと？」

「おう。何かこう、食べるの躊躇《ちゆうちよ》しねぇの？」

「僕の故郷では普通に食材だし。タコもイカも」

「……お前の故郷、割と何でも食うよな」

「島国だったから、海産物は割と何でも食べるよ」

「強《つえ》ぇ……」

もぐもぐとイカ焼きを食べる悠利に、クーレッシュは遠い目をした。山育ちのクーレッシュなので、魚以外の魚介類は食べ慣れていないものもあるのだ。海老や蟹《かに》などの甲殻類はまだ良いらしいが、イカやタコ、クラゲなどの軟体系は見た目の印象とあいまってちょっと苦手らしい。

しかし、悠利にしてみれば美味しい食材だ。取れたて新鮮なイカの丸焼きなんて、ごちそう以外の何物でもない。

そして、悠利と同じようなことを考えて食事に勤《いそ》しんでいるのが、イレイシアだった。こちらは、焼いて輪切りにしたイカを食べている。下味に軽く塩が振ってあるが、それ以外はめぼしい味付けはない。レモンを搾ってかけただけで、追加調味料もなし。けれど、そのシンプルさがかえってイカの旨味を引き出していた。

「美味しいですわ……」

ほう、と幸せそうに輪切りのイカを口に運ぶ美少女。普段浮かべる穏やかな微笑《ほほえ》みとはまた違う、心の底から幸せだと言いたげな笑顔だ。美味しいものを食べると、自然と素晴らしい笑みがこぼれるのは万国共通なのかもしれない。美味しいは偉大です。

普段はそれほど食べないイレイシアだが、好物の魚介類が豊富だということで、よく食べている。そんな彼女の姿を、大人組は慈愛に満ちた視線で見詰めていた。幸せそうに食べるイレイシアが微笑ましいのだ。

「割と味の濃い料理が多い感じよねー」

「遊びまくった後に食べるからじゃね？」

「私としては、デザートっぽいのがもうちょっと欲しいわ」

「いや、お前は何を求めてきてるんだよ」

「私はいつだってスイーツを求めて生きてるわよ！」

貝柱の串焼《くしや》きを食べながらヘルミーネがぼやく。それに対するクーレッシュの指摘は、多分間違ってはいないのだろう。後、何となく酒に合いそうなメニューが多い感じだった。酒も取りそろえてあるので、そういうことなのだろう。

そして、ヘルミーネは安定のヘルミーネだった。彼女はスイーツが大好きだ。海の家でも自分の欲求には忠実だ。

なお、あまりにもいつも通り過ぎるので誰《だれ》一人として彼女の発言を取り合わなかった。

「ところでフラウ、貴方《あなた》ずーっと泳いでいたんですか？」

「ん？　途中で潜る方に変更したが」

「私が聞いているのは、そういうことじゃないんですよ？」

「と、言われてもな。せっかくの機会なので、勘を取り戻しておきたかったんだ」

「まったくもう……」

今日は休暇なんですよ、と疲れたように溜息《ためいき》をつくティファーナ。フラウは全然気にしていなかった。一応彼女なりに休暇を楽しんではいるのだ。誰かに強制されるわけではない鍛錬は、遊んでいるようなものなので。

それに、海の水が綺麗《きれい》なので、潜って見えた景色に心を癒《い》やされたのも事実だ。綺麗な貝殻や石もあったので、後で少女達に教えてやろうと思っている程度には、休暇を満喫しているフラウお姉さんである。

「マグ、お前さっきからそのスープばっかり飲んでるけど、どうしたんだ？」

「美味」

「は？」

「美味」

喋《しゃべ》る暇さえ面倒くさいと言いたげに、マグはひたすらスープを飲んでいた。カミールの問いかけにも返事らしい返事をしない。困惑したカミールは、隣のウルグスに視線を向けた。

マグの言っていることがよく解《わか》らないときは、とりあえずウルグスに通訳を頼むのがお約束だった。

「いや、何か、めっちゃ美味いらしい。ユーリ、これ何だ？」

「え？　あおさのスープ」

「あおさ？」

「えーっと、海藻。昆布だしが好きなマグだから、こういう味が好きなんじゃないかな？」

「「なるほど」」

悠利の説明に、皆は納得した。納得しか出来なかった。出汁《だし》の信者のマグであるが、まさか出先でまで出汁を発見しているとは思わなかった。そういえば注文するときに、やたらとスープを求めていたなぁと思い出す悠利達だった。流石《さすが》の嗅覚《きゅうかく》である。

「まぁ、マグが大人しいならそれで良《い》いか」

「他《ほか》の料理の争奪戦が楽にな、……って、レレイさん、俺らの分！」

「んー？　まだあるよー？」

「いや、めっちゃ減ってますよね⁉」

何やら静かだと思ったら、延々と食べ続けていたらしいレレイによって、テーブルの上の料理はどんどん減っていた。通常運転すぎる。

なお、レレイと付き合いの長いクーレッシュは、ちゃんと自分の食べる分は確保している。レレイは他人の分には手を伸ばさないので。

騒々しい皆《みんな》に苦笑して、悠利は料理の追加を買うために立ち上がる。賑《にぎ》やかな昼食は、まだまだ続くのでした。


そして、全員が食事を終えて休憩をしていたときのことだった。

食べてすぐに泳ぎに行くのはよろしくないというので休んでいたのだが、不意に響いた叫び声に全員弾《はじ》かれたように立ち上がった。

声が聞こえてきたのは、海の方からだった。視線を向ければ、何か大きな影が魔物除《よ》けのロープの向こうからこちら側に入ってきている。魚ではあり得ない大きさの影に、その場の全員に緊張が走る。

「アリーさん、アレって……！」

「何でこんなとこにいやがる……！　ありゃあ、もっと沖合に出没する魔物だろうが……！」

悠利の問いかけに、アリーは叫んだ。即座に荷物置き場に置いてあった魔法鞄《マジックバッグ》から武器を取り出し、走り出す。戦闘経験のある大人組と訓練生も、同じように走り出した。残っているのは、悠利とジェイクと訓練生とルークスだけだ。

そう、いつもならばこういうときは待機しているはずのイレイシアが、いなかった。

「え？　イレイス!?」

「イレイスさんならあそこだ！　最初に走り出してたぞ！」

「えぇぇぇぇぇ!?」

何で!?　と驚愕《きょうがく》の声を上げる悠利に答えられる者はいなかった。吟遊詩人のイレイシアは、非戦闘員だ。外に出るときは武器としてデスサイズめいた鎌《かま》を持っているが、基本的に彼女は後方支援だし、戦闘に参加しない。それなのに、今、何故《なぜ》飛び出していったのかが解らない。

更に言えば、イレイシアは丸腰だった。武装しないで走り出した意味が解らない。

そんな風に困惑している皆の視界で、イレイシアが海に飛び込んだ。次の瞬間、水面《みなも》をぱしゃんと叩《たた》いたのは魚の尾びれ。人魚の姿を惜しげもなく晒《さら》して彼女が泳ぐその先にあるものを見て、何故彼女がそんな行動を取ったのかを、皆が理解した。

「子供……！」

「イレイス、急いで……！」

巨大な影が動けずにいる子供に襲いかかろうとするが、寸前でイレイシアがその身体《からだ》を抱えて泳いだ。子供一人抱えているとは思えない速さで、それも呼吸が出来るようにその子供の顔を水面に出した状態で泳ぐイレイシア。流石は人魚だった。

その背後から襲いかかろうとした影に向けて、矢が放たれる。浜辺に立ったフラウと、水上を飛行するヘルミーネだ。アリーが二人に指示を飛ばしているのは、影の急所を伝えているのだろう。クーレッシュとレレイは陸上から投擲《とうてき》武器を使って援護するぐらいしか出来ない。直接殴れないので、レレイは地団駄を踏んでいた。

「キュ」

「ルーちゃん、どうしたの？」

「キュキュー？　キュウ？」

「え、何、どうしたの？」

アリー達が牽制《けんせい》している影を見ていたルークスが、不思議そうに首を傾《かし》げる。次いで、困ったようにおろおろしていた。悠利の問いかけにも、何かを言おうとしているのだが、上手に伝わらなくて困っている。

そもそも、悠利にはルークスの言葉は解らないのだ。ここにアロールがいてくれればと思う悠利だった。

「リーダー達、やっぱり手こずってるのか」

「水の中だしな」

「いえいえ、違いますよ。本気で攻撃出来るならしています。今はまだ、無理なだけです」

「「え？」」

のんびりとした様子で眼前の光景を眺めていたジェイクが突然口を開いたので、詳しい説明を求めた。というか、もうちょっと焦ってほしいと思う悠利達だった。

「今は、逃げ遅れた人々の避難が優先ですよ。ですから、イレイスの行動を妨げないように攻撃するしか出来ないんです」

「あ」

「なるほど」

とても解りやすいジェイク先生の説明だった。アリーの指示の下、弓兵二人が魔物を牽制し、イレイシアがその間に逃げ遅れた人々、主に子供を救出している。水を得た魚のように動くイレイシアの活躍で、避難は順調に進みそうだった。

ちなみに浅瀬までイレイシアが運んできた子供は、クーレッシュとレレイが避難誘導をしている。

「キュキュキュー！」

「いたっ……！　ちょ、ルーちゃん本当にどうしたの？　何で僕の足を叩くの？」

「キュイ、キュウ！」

僕の話を聞いてー！　と言いたげにルークスは悠利《ゆうり》の足をぺしぺし叩く。珍しい行動に驚く悠利の足下で、ルークスは自分の身体の一部を変形させて何かを伝えようとしてくる。

身体の一部を伸ばして作った小さな何かを、ルークスは抱っこするようにして身体をゆらゆらさせる。悠利がちゃんと見ているのを理解したら、次はその抱いていた物体を自分から離れた場所に転がす。……なお、身体の一部なので繋《つな》がっているのだが、つなぎ目を細くして放《ほう》り投げたように見せていた。芸人一座との一件以来、妙に小技が得意になったルークスである。

それはさておき、ころんころんと転がった物体に悠利が視線を向けていると、ルークスはそれがまるで見えないかのようにきょろきょろし始める。一生懸命捜しています、でも見つからないんです、という感じだ。

それを見て、悠利はハッとしたようにルークスを見た。

「ルーちゃん、あの魔物が何かを捜してるって言いたいの？」

「キュ！」

「いったい何を捜し、……もしかして、子供？」

「キュ！」

「大変じゃない……！」

その通りだと言いたげにルークスは頷《うなず》く。顔色を変えた悠利は、ルークスを伴って駆けだした。

何が起きたのか解らない見習い組は、追うか追うまいか困っている間に、ジェイクにポンと肩を叩かれた。

「ユーリくんは何かやることがあるから行っただけで、僕達はここで待ってるのが得策です。追いかけようとしないこと」

「で、でも！」

「避難は順調に終わってるみたいだから、邪魔になるでしょー」

「けど！」

「戦闘訓練を受けてる訓練生ならともかく、君達はまだ見習いですからねー？」

「だけど！」

重ねて言われてもイマイチ納得出来ていないらしい見習い達。はぁと溜息をついた次の瞬間、ジェイクは腕を振った。

「うわっ⁉」

「な、何これ……⁉」

「ジェイクさん⁉」

「……何故」

「足手まといは大人しく待ってるのもお仕事なので、じっとしてなさい」

「『だからって、鞭《むち》で縛ることないでしょ！』」

ダメですよ、とたしなめるような口調でジェイクは言う。その手に握られているのは鞭の柄で、その先にはぐるぐる巻きにされた見習い組四人がいた。全員まとめてぐるんぐるんである。大人しく黙っていたのに自分まで一緒に巻かれたことに、マグが少し不満そうだった。

「マグは、何も言わないけど動く可能性があったからですよー」

「てか、お前避《よ》けられなかったのか？」

「……気配」

「……あぁ、ジェイクさん、攻撃する意志みたいな気配、薄いもんな……」

「不覚……」

悔しそうなマグと、遠い目をするウルグス。何とか抜け出そうともぞもぞしているヤックと、色々諦《あきら》めたカミール。賑やかな見習い組を見詰めて、大人しく待ってましょうねーと笑うジェイクだった。

そんな風に後方で賑やかなやりとりが繰り広げられているとは露知らずの悠利は、ルークスと一緒に走っていた。突然やってきた悠利に、アリーが思わず怒鳴る。

「何でこっちに来てんだ！」

「アリーさん、あの魔物、子供を捜してるみたいなんです！」

「はぁ⁉　子供⁉」

「子供を捜して、こんなところまで来てるみたいなんです。だから、子供を捜してあげたら大人しく戻ってくれるかもしれません」

「どうやって捜せって言うんだ……！」

悠利の提案に、アリーが怒鳴り返す。魔物の子供を捜すとしたら、海の中である。しかし、今、海の中には大暴れしている魔物がいる。人魚のイレイシアならば泳いで捜すことが出来るだろうが、危険すぎる。

「とりあえず、ルーちゃんはこっちでも捜すのを手伝うって伝えてきて！」

「キュピー！」

任せて！　と言いたげにルークスはぴょんと海へ向けて飛び跳ねた。ヤック達と競争していたときのように、身体の一部をオールのような形にして魔物に向けて突撃していく。

「ユーリ、お前の言ってることが事実だとして、実際に子供を見つけ出さないと止まらないかもしれんぞ」

「解ってます。だから、捜さないと。多分、子供だから網の隙間《すきま》からこちら側に来ちゃったんだと思います」

「その可能性は解《わか》るが、どうやって捜し、」

そこでアリーは言葉を切った。海を見詰める悠利の瞳《ひとみ》の変化に気付いたからだ。アリーと会話をしているが、アリーを見ていない。それは海を見ているのだから良《い》い。けれど、海を見ているのに海を見ているわけでもない。

鑑定持ちのアリーには、悠利が何をしているのかが理解出来た。

「お前、海を鑑定してるのか……!?」

鑑定能力を使って罠《トラップ》の有無を確認することはある。けれど、ダンジョンでもない海を鑑定するという発想は、アリーにはなかった。

……そしてまた、広大な海を鑑定し、そこから目当ての情報を得ることは、アリーにも難しい。不可能ではない。ただ、情報処理が追いつかない。視界に映る全《すべ》てを鑑定するというのは、そういうことだ。

けれど、悠利が所持している技能《スキル》は【神の瞳】。鑑定系最強のチート技能。更に、使用者に一切の負担をかけない。

そして、使用者に合わせてアップデートをし続ける、別の方向に規格外の技能でもあった。

――サードアイシャークの子供。

三つの目を持つサメの魔物、サードアイシャークの子供。

親元から巣立つ前なので能力値《パラメータ》は低い。

健康状態は優良。ただし、網と岩の間に挟まって動けない。

好奇心旺盛《おうせい》であちこち移動したあげく、岩にハマって動けなくなった迷子です。

本来は攻撃的ですが、今は空腹と寂しさで大人しくなっているので、簡単に捕縛出来ます。


こういう具合に。

「見つけました！　アリーさん、あそこ、あそこの岩の間です！　お腹空《なかす》かしてるせいで大人しいらしいですから、確保するなら今です！」

「……マジで見つけたのか、お前……」

「どうしましょう？　ちょっと深い場所ですよね？　ルーちゃんに伝えたら良いのかな。でもルーちゃんは潜れないし、あのサメさんを食い止めて貰《もら》わないとダメだし、ええっと」

「落ち着け」

「あいた……！」

愕然《がくぜん》としているアリーをそっちのけで、悠利はおろおろしていた。見つけたは良いが、どうすれば良いのかさっぱり解らなかったのだ。

ツッコミ代わりに軽くチョップを悠利の頭に落とすアリー。痛みに呻《うめ》きつつアリーを見上げた悠利の横で、アリーはイレイシアを呼んでいた。呼ばれたイレイシアは、小走りで二人の許《もと》へ駆けてくる。

なお、ルークスは暴れようとしている魔物、サードアイシャークの親を相手に懸命に説得を続けていた。ついでに、移動しようとするのをその度に身体《からだ》の一部で引っつかんで止めている。……可《か》愛《わい》い見た目を裏切る戦闘能力の高さを思い出させてくれる光景だった。

ちなみに、ルークスが食い止めようとしているので援護射撃をしようとしていたフラウとヘルミーネなのだが、彼女達が矢を射るとルークスがそれを叩《たた》き落《お》として怒るので、今は何もしていない。事情が解らないので手が出せないのだった。彼女達の心は一つだった。アロールがここにいてほしい、と。

「お呼びでしょうか？」

「悪いがイレイシア、こいつの言う場所に潜って、あの魔物の子供を助けてやってくれ」

「はい？」

「あのね、イレイス！　あの辺りの岩の間に挟まって動けなくなってるんだって！　子供を捜しに来たんだよ、あの魔物さん！」

「……あ、あの……」

意味が解らないと言いたげなイレイシアだが、アリーは深く頷くだけだ。アリーと悠利を見比べたイレイシアは、真剣な顔の悠利と、真面目《まじめ》な顔のアリーを見て、覚悟を決めたように頷いた。

「解りましたわ。わたくしでどれだけ出来るか解りませんが、行って参ります」

「ありがとう！　助けたら、ルーちゃんのところに連れて行ってね」

「はい」

一つ頷くと、イレイシアは海に向けて走り、飛び込んだ。それを見届けてから、悠利はルークスに向けて叫んだ。

「ルーちゃん！　今、イレイスがその魔物さんの子供を助けに行ってるから、伝えて！」

「キュピピ！」

悠利の言葉に解ったと言いたげにぴょんと跳ねたルークスは、相変わらず暴れている魔物に向けて説明を始める。小さな身体で必死に伝えるルークスの姿を、悠利は応援した。

そうこうしている間に、イレイシアが水面に顔を出した。その手には、ぐったりした小さなサメの魔物を抱えている。そのまま、イレイシアはルークスの方へと泳ぎだした。

「ルークス、この子でよろしいか、聞いてくださいませ！」

「キュ？　キュキュー！」

イレイシアの声を聞いたルークスは、身体の一部を伸ばしてイレイシアを示しながら魔物に訴える。それまで噛《か》みつかんばかりに暴れていた魔物が、ぴたりと動きを止める。凶悪な三つ目が、ぎょろりとイレイシアを見る。

「ひっ……。あ、あの、この子、です」

戦闘能力に乏しいイレイシアなので、巨大な魔物を恐れる気持ちは当然ある。そろりとサードアイシャークの子供を差し出すが、距離が遠すぎる。見かねたルークスが伸ばした身体の一部で引き寄せる。

ひょいと差し出された小さな魔物を見て、サードアイシャークの三つ目が瞬く。そして、上体を反らして声を発した。けれどその声は人間の耳には聞こえない周波数の高い音で、まるで波紋のように水面を揺らすだけだった。

……その音を認識出来るイレイシアとルークスは、あまりの大きさに驚いたが。

どうやら捜していた子供であっていたらしい。サードアイシャークは、感謝するようにルークスに額をこすりつけている。ついでに、イレイシアにも同じ動作をしようとしたのだが、丁重にお断りされていた。流石《さすが》に魔物にすり寄られるのは怖いらしい。

そんな光景を見て、どうやら最悪の事態は避けられたらしいと理解した悠利《ゆうり》が、隣に立つアリーを見上げて笑顔を浮かべた。

「これで万事解決ですね、アリーさん！」

「……お前といると常識が崩壊していく気がする」

「え？」

「……いや、いい。何でサードアイシャークの子供は入り込んでたんだ」

「網に小さな穴が空いてて、そこから入ってきたみたいですね。……親は上から越えてきちゃってますけど。魔物除《よ》けを乗り越えてやってくるなんて、親子の愛は凄《すご》いですね！」

「……そういう問題じゃねぇ」

がっくりと肩を落とすアリーと、よく解っていない悠利。安定の悠利だった。

周囲がざわざわとしているが、子供を取り戻して満足したのか、サードアイシャークは去っていった。ルークスはまたねー！　とでも言いたげに飛び跳ねながら見送っている。なお、イレイシアは極度の緊張から解放されたからか、ぶくぶくとその場に沈んでいた。人魚なので溺《おぼ》れているわけではありません。

「縄の修理と魔物除けの確認してもらわないとな」

「そうですね。今後も安全に海水浴をするために！」

「……とりあえず、お前、目や頭は平気か？」

「え？　何がですか？」

「本当に規格外だな、この野郎……！」

「アリーさん？」

ハチャメチャな鑑定をした悠利を心配したアリーの言葉だが、まったくダメージがなかった悠利は何のことか解らずに首を傾《かし》げるだけだ。規格外だと知っていたつもりだが、またしても信じられない非常識を突きつけてくれた悠利の存在に、思わず呻くアリーだった。

とはいえ、その規格外の存在が突飛な発想で非常識な行動をした結果、特に大きな被害もなく騒動が解決したのは事実だ。なので、よくやったと言いたげにぽんぽんとその頭を撫《な》でるアリー。褒められたと理解した悠利は、嬉《うれ》しそうに笑うのでした。

ちなみに、悠利に恩を感じたらしいサードアイシャークの両親が、大型の魚を大量に届けに来るのでした。動物系の恩返し童話みたいだなぁと思う悠利の周りで、非常識な現実に脱力する仲間達がいました。いつものことです。

◇◇◇

目の前にずらっと並ぶご馳走《ちそう》の数々に、悠利達は喜びに顔を輝かせた。海鮮が売りの港町の宿屋だけあって、夕飯に並んだのは美味《おい》しそうな魚介類を使った料理だった。

海での騒動の後もひとしきり楽しんだ一同は、夕陽《ゆうひ》が沈む少し前に宿屋へと戻った。大浴場を堪《たん》能《のう》し、少し休憩もし、美味しいご飯を堪能している。なお、この宿屋は食事を部屋でいただく旅館スタイルなので、人目を気にせず皆《みんな》でわいわいと食事を楽しむことが出来る。

「わー、すっごく大きな海老《えび》だー！　美味しそうー！」

「レレイ、殻は食えないからな？　食うのは身だけだぞ？」

「それぐらい解ってるよ、クーレ」

ぷんぷんと怒りながら言うレレイを、クーレッシュは面倒そうにあしらった。レレイが大はしゃぎで見ていたのは、巨大海老の姿焼きだ。伊勢《いせ》海老のような、大ぶりの海老である。食べやすいように切り開いてあるが、立派な殻も盛り付けの一つとしてそこにあった。

いそいそと自分用の皿に巨大海老の身を取り分けて、レレイは大きな口で食べる。下味がきっちりつけてあるので何もいらないらしい。口に運べば、ほんのりと感じる塩味と、海老の濃厚な旨味《うまみ》が広がった。ぷりぷりとした身の食感は、海老本体が大きいからかやや大ぶりだ。それでも、噛めば噛むほど口の中に旨味が広がるので、満足感が凄い。

「おーいーしー！　いっぱい食べられる！」

「いっぱい食べるのは良いけど、僕らの分まで食べないでね？」

「気を付ける！」

「お前ら、自分が食べたいと思った分は先に確保しろ。こいつ、一応頑張るつもりはあるらしいが、美味《うま》いもんだらけだから、うっかり食べ過ぎる可能性があるぞ！」

「「了解！」」

満面の笑みで食べ続けるレレイに悠利がツッコミを入れるのだが、それに返ってきたのは話を半分聞いていないようなお返事だった。元気の良い返事だが、話半分っぽいというか、気もそぞろだ。それを聞いたクーレッシュが、即座に他《ほか》の面々に注意を飛ばす。言う方も言われる方も慣れていた。レレイの食欲は皆がよく知っている。

わーわーと騒ぎながら食べている子供達を見つつ、大人組は静かに食事を続けている。大人は大人で固まっているのは、静かに食事をするためだ。弱肉強食の料理争奪戦みたいな空間に入りたくはないのだ。

ゆっくりと食事を楽しみながら酒を嗜《たしな》む大人達の表情は、穏やかだ。賑《にぎ》やかで騒々しい食事風景だが、何だかんだで今日は休暇なので彼らも気を抜いている。それに、せっかくの美味しい料理を堪能するのに、小言を口にするのも面倒だったのだ。

「あら、このソース、不思議な味わいですけど、美味しいですね」

「何のソースだろうな？　色は少しばかり暗いが」

「あぁ、それは肝やミソのソースですよ。魚や海老の内臓部分ですが、臭みを抜いて調味料で味付けをしているんでしょう。素材の旨味が凝縮しているので、魚や海老と相性が良《い》いのだと思いますよ」

「流石ですね、ジェイク」

「いえいえ。僕も先日食べたときに説明を聞いただけです」

蒸し焼きにした魚に付けるようにと言われたソースについて話していたティファーナとフラウに、ジェイクが説明をしていた。なお、ジェイクの言う先日とは、数日前のことだ。先に現地入りをしていたので、皆が知らない料理も知っているジェイクなのである。

後、別に料理にそこまで興味はないのだが、その地方の食文化という意味では興味をそそられたらしく、色々と説明を受けたのだ。安定の知識欲の権化みたいなジェイク先生だった。

アリーは特に口を挟まずに静かに晩酌を楽しんでいる。地酒を楽しむのは旅の醍醐味《だいごみ》というが、美味しい肴《さかな》と美味しい酒があれば十分らしい。賑やかに盛り上がる周囲とは一人雰囲気が違った。

と、その足下にひょっこりと姿を現したルークス。じーっとアリーを見上げている。何がしたいのか解《わか》らずに見下ろすだけのアリーに、ルークスはにゅるりと自分の身体の一部を伸ばして、お皿みたいなものを作った。

「……何か欲しいのか？」

「キュ」

「お前が食う分は向こうに用意されてるんじゃないのか?」

「キュピ、キュピ」

「あ?」

ルークス用の野菜炒《いた》めは今日もちゃんと用意されている。そちらを食べれば良いはずなのに、何《な》故《ぜ》かアリーの許から動かない。ください、と言いたげに身体を揺すっている。

ルークスが何をしたいのか解らずに眉間《みけん》に皺《しわ》を寄せるアリーに、のんびりとカルパッチョを食べていたジェイクが口を開いた。

「アリー、もしかしてルークスくん、貴方《あなた》が食べていた貝の残骸《ざんがい》を処理しようとしているんじゃないですか?」

「……何だと?」

「キューイ!」

「当たったみたいですねー。いつもの生ゴミ処理と同じことをしようとしているんですよ。自分の仕事だと思っているんじゃないですか?」

「遊びに来たんだぞ、今日は」

「キュー」

ジェイクの説明に、ルークスはこくこくと頷《うなず》いた。何で遊びに来たのに仕事をしようとしているんだと脱力するアリーだが、ルークスは聞いちゃいない。早くそれちょうだいと言いたげだ。

しばらく疲れたように脱力していたアリーだが、ルークスがキラキラと目を輝かせるのを見て、色々と諦《あきら》めた。食べ終わった貝の残骸を、そっと皿ごと差し出す。ルークスは嬉しそうに鳴くと、恭しく皿を受け取りぱっくんと飲み込んだ。器用に皿の上の貝だけを取り込むと、丁寧に皿をアリーに返す。

それで満足したのか、ぽよんぽよんと跳ねて悠利達の許へ戻る。今度はそちらで残骸を処理しようと思っているのだろう。安定のルークスだった。

「キュピー！」

「あ、ルーちゃんお帰り。何してたの？」

「キュ！」

「……あぁ、同じことしてたんだね、ルーちゃん」

「キュイ」

悠利の問いかけに、ルークスはひょいと悠利の皿に載っていた貝を取ることで答えにした。嬉しそうに笑いながら、貝を体内に取り込んでいく。褒めて褒めてと言いたげな仕草に、向こうでもこれをやってたんだなと思う悠利だった。

しかし、可愛《かわい》いので褒めるのは褒めた。頭を撫でて褒めると、ルークスは嬉しそうに鳴くのだった。

「それにしても、今日は楽しかったわよねー。……ちょっと騒動はあったけど」

「そうだなー。海で目一杯遊んで楽しかった。……まぁ、騒動はあったけど」

「そうですわね。わたくしも思いっきり泳げて楽しかったですわ。……騒動はありましたけれど」

「何でそこで皆して僕を見るの？」

「「何となく」」

「何となくですわ」

色々と噛みしめるように呟《つぶや》くヘルミーネ、クーレッシュ、イレイシア。その三人が揃《そろ》って最後に付け加えた言葉と、流れるように自分へと向けられた視線に、悠利は思わず疑問を口にした。それに対する返答は揃っていた。

今回は、別に悠利が騒動を起こしたわけではない。ただ、騒動をちょっと普通と違う形で終息させたのが悠利だったというだけだ。その方法が色々とアレだったので、思い出すと遠い目をしたくなる三人なのだった。

賑やかに食事をしている見習い組とレレイの攻防戦に交ざることなく、彼らはそのまま雑談にシフトする。食事は続けているが、比較的のんびりとした空気が流れていた。……早い話が、一通り食べてお腹《なか》が落ち着いてきたのだ。

「そういえば、そっちのお風呂《ふろ》はどんな感じだったの？　こっちは海が見える露天《ろてん》風呂があったわ！」

「それならこっちもあったぜ。上下なだけで同じ間取りなんじゃないか？」

「確かにそうかも」

ヘルミーネの問いかけに、クーレッシュがさらりと答える。この宿は大浴場が人気で、女性用が三階、男性用が二階に存在している。どちらも浴槽は海に面しており、露天風呂に入りながら広大な海を見ることが出来る。素晴らしいオーシャンビューだった。

特別変わった大浴場ではなかったので、悠利《ゆうり》もイレイシアも特に口を挟まない。脱衣所と洗い場と内湯と露天風呂という構造だ。目玉と言えるのはやはり海が見える露天風呂だろう。だからこそ女性風呂と男性風呂を同じ間取りで造り、海が見えるようにしてあるのだ。

海でさんざん遊んだ後に入るお風呂は気持ち良かった。潮風でごわごわになった髪も、べたべたしていた肌も、全《すべ》てすっきり綺麗《きれい》になっている。温泉ではない普通のお湯だったが、それでもやはり大きなお風呂や露天風呂というだけで気分は上がるのだった。

「そういえば、お風呂は気持ち良かったんだけど、皆は日焼け大丈夫だった？　僕、結構焼けちゃってヒリヒリするんだけど。水はともかくお湯はしみて痛かった……」

「あー、俺も結構痛い。特に、水面に出てた首とか腕とかが焼けた気がする」

「私も痛い……。これ絶対しばらく痛いよねー」

悠利の言葉に続くように、クーレッシュとヘルミーネも呟いた。目に見えて解るほど真っ黒になっているわけではないが、水着と肌の境目を確かめれば全員赤くなっている。うっかり油断してしまったが、海はどうやら太陽の光を反射するのか、思っていた以上に日焼けしてしまったのだ。

普段の外出ならば服を着たり帽子を被《かぶ》ったりして対処出来るが、海で遊ぶ場合は水着しか着ていないのでなかなか難しい。日焼け止めを探しておけば良かったと思う悠利だった。お洒落《しゃれ》がどうのとか、美白がどうのという話ではない。火傷《やけど》みたいなものなので、痛いのが嫌なだけである。

そんな三人の会話を聞きながら、イレイシアは何も言わずに黙々とお刺身を食べていた。上品な仕草で食べる姿は美しいが、何で黙ってるんだろうと視線を向ける三人。その視線に耐えきれなかったのか、イレイシアは困ったように眉《まゆ》を下げながら口を開いた。

「申し訳ありません。わたくしは人魚ですから日焼けとは無縁なのです」

「「え」」

「少なくとも、わたくしの一族はどれだけ太陽を浴びても日焼けすることはありませんわ。その代わり、皆様よりも水分を失いやすいのですけれど」

「え？　イレイス、日焼けしないの？　その綺麗な真っ白の肌、日焼け対策しなくて維持されるものなの？」

「え、えぇ、そうですけれど……。あの、ヘルミーネさん？」

イレイシアの告白に、三人は呆気《あっけ》に取られた。言われて視線を向けてみれば、イレイシアの美しい肌はどこも赤くなっていない。誰《だれ》より長く海にいたはずなのに、ちっとも色が変わっていないのだ。衝撃の新事実だった。

その内容を聞いて、ヘルミーネはぐいと身を乗り出して問いかける。向かい側に座るイレイシアの顔をよく見ようとしているのか、テーブルの上の皿を避《よ》けるように手をついている。困惑しつつも答えるイレイシアの前で、ヘルミーネが真顔のまま沈黙した。

そして――。

「やだー！　何それズールーイー!!」

「ヘルミーネ、待て、落ち着け！」

「ストップ、ストーップ！」

年頃《としごろ》の乙女として色々許せなかったらしいヘルミーネが叫ぶ。身を乗り出した勢いのままイレイシアに近付こうとするのを、クーレッシュと悠利が必死に止めた。横からクーレッシュが確保し、悠利が正面から押し返す。イレイシアは驚きのあまり固まっていた。

二人に宥《なだ》められてもまだ納得が出来ないのか、ヘルミーネはぶつぶつと呟いている。イレイシアは透き通るような美しい肌をしているので、乙女の憧《あこが》れでもあるのだ。なので、それが日焼け対策をまったくしなくても維持されていると知って、色々感情が爆発したらしい。

女子って怖いなと小さく呟いたのはクーレッシュだった。彼も日焼けをして肌が痛いのは好きじゃないが、美白に懸ける女子の情熱は別次元だった。悠利は脳裏に日焼け止め対策を必死にしていた母親達を思い描き、「女性はそういうものなんだよ」と答えた。

勿論《もちろん》、全ての女性が美白にこだわるわけではない。健康的に日に焼けた肌の方が好きという女性もいるだろう。ただ、そういう女性達もスキンケアや過度の日焼け予防はしているので、美しい肌を保つための女性の情熱はかなり凄《すご》いのだ。

「同じ女子でもあいつは気にしてないみたいだけどな」

「レレイの場合、元々日焼けしてるしね」

「まぁな」

クーレッシュが示したのは、見習い組と一緒に食べ物争奪戦を繰り広げているレレイである。正確には、レレイ相手に見習い組が善戦しているというところだろうか。大食漢のレレイと張り合えるのはウルグスぐらいなのだ。正しくは、ウルグスでも負ける。レレイの胃袋は強かった。

そんなレレイは、ヘルミーネと違って日焼けをまったく気にしていなかった。彼女もちゃんと日焼けをしていたのだが、それほど痛がってはいないし、嫌がってもいない。体質の違いもあるのか、元々健康的に日に焼けていたから他《ほか》の面々より平気だったのかは、悠利達には解らないが。

「ヤック達も焼けてるけど、あんまり気にしてない感じかな」

「まぁ、男だしな。日焼けすることは気にしてないだろ。お湯が痛かったのは辛《つら》いけど」

「アレは辛いよね」

「せっかくの大浴場に入りたいのに、覚悟が必要だったよな」

「うん」

大真面目《おおまじめ》な顔で頷き合う悠利とクーレッシュ。別に風呂の温度が高かったわけではないのだが、日焼けしたばかりの彼らの皮膚にはちょっとばかり厳しかったのだ。日焼けは火傷と同じなので、お湯は痛いのだ。

「そういえば、マグも色が白いけど、日焼け大丈夫なのかな？」

「どういう意味だ？」

「色が白い人って、日焼けしても黒くならなくて、赤くなるだけなこともあるんだって」

「赤くなるだけって、つまり」

「皮膚が弱いから火傷みたいになってる感じ？」

悠利の説明を受けて、クーレッシュ、ヘルミーネ、イレイシアの三人は視線をマグに向ける。

黙々とスープを飲んでいるマグは、彼らの視線に気付いたのかちらりとこちらを見たが、すぐに食事に戻った。ちなみにマグが飲んでいるのはあおさのスープである。一人で鍋《なべ》の中身をどんどん減らしている。

確かにあおさのスープは美味《おい》しかった。海藻の旨味《うまみ》がぎゅっと凝縮されているだけでなく、どうやら他の料理に使った魚のアラなどで出汁《だし》を取っているようなのだ。調味料はシンプルに塩や酒ぐらいなのだが、素材の旨味が出ていて大変美味しかった。悠利達も美味しくいただいている。

「大丈夫そうじゃね？」

「そうみたいだね」

それなら良かったと悠利が呟いたのとほぼ同時に、隣に座るカミールの肘《ひじ》が当たった瞬間にマグがピクッと動いた。それはぶつかったことに対する反応というよりは、痛みを堪《こら》えるような何かだった。

「……アレ？」

「……もしかして、顔に出てないだけか？」

「マグならあり得るかも……」

クーレッシュの考えに同意を示して、悠利は席を立つ。マグは隠すのが上手というか顔に出ないので、もしも何か不都合が生じているのならば聞いておいた方が良《い》いと思ったのだ。日焼けも程度がひどければ処置が必要になるので。

「マグ、日焼けひどかったりする？」

「……？」

「日焼けは火傷みたいなものだから、ひどかったら処置が必要かなって」

「……不要」

「ウルグス、本当？」

「何で俺に聞くんだよ……」

「だって、マグって素直に答えてくれないし」

悠利に問われたウルグスは面倒そうにぼやく。しかし、マグは基本的に自分の不調に関して説明をしてくれないところがあるので、通訳担当のウルグスに聞くのが一番早いと思ってしまうのだ。なお、マグが不調を隠すのは知られたくないとかではなく、マグ基準でそれが不調ではないからだ。基本的に、死ななければ大丈夫とか思っている困った子なので。

問われたウルグスは、しばらく考えた末に答えた。

「俺らよりは日焼けしてるっぽいけど、別にそこまでひどくなかったと思うぞ。なぁ、カミール？」

「んー。元が白いから赤かったけど、着替えたり風呂入ったり普通にしてたし大丈夫だと思うけど」

「マグ、怪我《けが》したときみたいにには、なってないんだろ？」

「……諾」

「大丈夫っぽい」

「そっか。良かった。ありがとう。ご飯の邪魔してごめんね」

これで一安心だと悠利は胸をなで下ろし、席に戻る。その途中、話の間も延々と食事を続けているレレイを見て、胃袋どうなってるのかなぁと思った。彼女の目の前には空っぽの食器が積み上げられていた。海で遊んでお腹が減っているらしい。

心配事が解決したので、食事に戻る悠利。皆《みんな》と喋《しゃべ》っている間にまた少しお腹が減ったので、目の前の美味しそうな料理を堪能《たんのう》しようと思ったのだ。

海の幸をふんだんに使った料理は、どれもこれもが美味しそうで困ってしまう。魚介のパスタに、シンプルな魚の塩焼き。悠利とイレイシア用に用意されたお刺身の盛り合わせに、炙《あぶ》った魚と野菜にチーズを載せて焼いたものや、様々な味の魚肉ソーセージの盛り合わせもある。

とりあえず、美味しい刺身を口に運びつつ、豪華な晩ご飯に舌鼓を打つ悠利。周りの仲間達も同じように幸せそうな顔をしてご飯を食べている。美味しいはやはり強かった。

「そういえばイレイス、あの二人どうなったの?」

もぐもぐとデザートのフルーツ盛り合わせに手を伸ばしていたヘルミーネが、思い出したと言いたげにイレイシアに問いかけた。その問いかけだけで何を聞いているのか解《わか》ったのか、イレイシアはにっこりと微笑《ほほえ》んだ。

「レレイさんもマグも、もう立派に泳げますわ。きっと、皆様と同じぐらいに」

「早くない!?」

「マジか。結局あいつが泳いでるところ見てないから知らなかったけど、そんな早く上達するもんなのか？」

「まぁ確かに、レレイもマグも、別に水を怖がってたわけでも浮けなかったわけでもないもんね」

イレイシアの返答に驚愕《きょうがく》の声を上げるヘルミーネとクーレッシュ。その二人と同じように驚きつつも、練習をしていた二人の姿を思い描いて悠利は呟《つぶや》いた。

そう、レレイもマグも、泳いだことがないから泳げなかっただけなのだ。元々の身体能力は高い彼らである。イレイシアの教え方も良かったのか、一日でコツを掴《つか》んだ。皆に見せることはなかったが、ヤック達が競争をしていたのと同じぐらいの距離は楽勝で泳げるようになっているのだ。恐るべし。

「むぅ。水泳ならレレイに勝てるかと思ったのに、これじゃ無理じゃない……」

「まぁ、泳げるようになったのは良いことだろ」

「そうだけどー」

ぷぅと頬《ほお》を膨らませるヘルミーネ。基本的に身体能力でレレイに勝てないので、数少ない勝てる要素を発見したと思ったらしい。残念ながら短い天下だった。

そんなヘルミーネを見て、悠利達は小さく笑った。笑ってはいけないと思うのだが、何だかヘルミーネの行動が小さな子供みたいでひどく可愛《かわい》く見えたのだ。そんな悠利達に、笑わないでよとヘルミーネはふてくされる。その姿もまた、随分と可愛いのだった。

美味しい食事を満喫した一同は、昼間の疲れもあってかその日はベッドに入ってすぐに熟睡するのでした。楽しい休暇を満喫したようです。

エピローグ　港町を満喫しました

「ただいま戻りましたー！」

《真紅の山猫《スカーレット・リンクス》》のアジトに、悠利《ゆうり》の元気の良い声が響いた。港町ロカから、行きと同じようにブルックの知人のワイバーンに運んでもらってすぐに、うきうきとアジトに戻ってきたのだ。

たった一日でそこそこ日焼けをしている悠利を見て、出迎えた面々は驚いたように目を見張った。それでも、悠利が休暇を満喫してきたのだと解る満面の笑みを浮かべているので、すぐに皆も笑顔になった。

「お帰り、ユーリ。海は楽しかったか？」

「はい、とっても。久しぶりに泳げて楽しかったです」

「そうか。楽しかったなら良かったな」

楽しそうな悠利を見下ろして、リヒトは優しく笑う。自分が留守番だったことに特に不満はないリヒトなので、悠利が楽しんできたのが解って嬉《うれ》しいのだろう。リヒトお兄さんは、後輩思いの常識人の優しいお兄さんです。

「あ、そうだ、リヒトさん」

「ん？　どうした？」

「美味しそうなたらこを買ってきました。おにぎりとパスタのどっちが良いですか？」

「おっ、それはどっちも美味《うま》そうだな」

「じゃあ、いっぱいあるので両方作りますね」

「ありがとう」

にこにこ笑顔で悠利が告げた言葉に、リヒトは嬉しそうに破顔した。以前悠利が作った生たらこのパスタや、たらこを混ぜ込んだおにぎりをリヒトは地味に気に入っていたのだ。それを知っていた悠利は、ロカの街でたらこを見つけていそいそと買い込んだのだった。まぁ、悠利自身も好きなのだが。

そんな二人のやりとりを、楽しげに見つめているのはヤクモだ。基本的に落ち着いた大人であるヤクモなので、それと解る派手な出迎えはない。

ヤクモの姿に気付いた悠利は、魔法鞄《マジックバッグ》になっている学生鞄《かばん》をぽんぽんと叩《たた》きながら声を上げた。中にどれだけ詰めこんでもバッグの見た目は変わらないので何が入っているのか解らないが、悠利の満面の笑みからそこに食材が入っているのは誰《だれ》の目にも明らかだった。

「ヤクモさん、お刺身いっぱい仕入れてきました！」

「お、おぉ、それはありがたい。……が、先日も大量に購入していなかったか？」

「違う種類があったので」

「お主、相変わらず食材に関してはタガが外れやすいな」

「まぁ、ユーリだからな」

「うむ」

「へ？」

大真面目な顔で頷《うなず》き合うヤクモとリヒトに、悠利はきょとんとした。こんなに美味しそうな魚があったんですよと説明していたのに、何故《なぜ》か色々と諦《あきら》められた感じになっているのはどうしてだろうと思ったのだ。なお、割と通常運転な悠利である。

そんな風に会話をしている悠利の背中に、呆《あき》れたような声が届いた。

「また何か買い込んできたわけ？　飽きないよね、君も」

「アロール。ただいまー！」

「お帰り。随分楽しかったみたいだね。ルークスも」

「キュピ！」

アロールの姿を見つけた瞬間、ルークスは悠利の足下から即座に移動した。なお、ルークスの目当てはアロールではない。アロールの首に今日も陣取っている、白蛇のナージャがお目当てだ。

アロールの足下まで移動すると、ルークスは自分を見下ろしてくるナージャに向けてぺこりと頭を下げた。先輩、ただいま戻りました！　みたいな感じだろうか。そんなルークスに、ナージャは鷹揚《おうよう》に頷いた。完全に先輩後輩の上下関係が構築されている。

「アロールも一緒に行ければ良かったのにねー。そうしたら、ルーちゃんもナージャさんと海で遊べて楽しかっただろうし」

「僕は仕事が入ってたし、海に興味はないよ。ナージャもね」

「それに、アロールがいてくれたらルーちゃんの言いたいこともすぐ解っただろうし。あの魔物さんとも簡単に話が出来たと思うんだよね」

「……え、ナニソレ。今度は何をやらかしてきたのさ」

「やらかしたって、ひどい」

「ひどくない。何やらかしたんだよ」

港町ロカで起きたとある騒動を思い出しながら悠利が呟けば、アロールは顔を引きつらせながら問い詰めてくる。何でそんな風に問い詰められなければならないんだと、悠利は不服そうだ。

しかし、二人のやりとりを見ていたリヒトとヤクモは、アロールに同調するように力一杯頷いていた。彼らの脳裏には、温泉都市イエルガへ行ったときに悠利が起こした騒動が浮かんでいた。当人に悪気がなかろうが、気付けば何か騒動を起こす悠利という認識は間違っていない。

そんな三人に促されるままに、悠利は今回の騒動を語った。端的に。

「海水浴をしてたら、迷子になった子供を捜してサードアイシャークがやって来て、僕らが遊んでいた近くに捜していた子供がいたので助け出して、返してあげました」

「本当に、何でそういうのにばっかり遭遇するんだよ⁉」

「怪我はなかったのか？　いや、アリーがいるから大丈夫だとは思うんだが」

「よくその親を止められたものよな……？」

バカじゃないの⁉　と叫ぶアロール。ぺたぺたと悠利の身体《からだ》を触って怪我がないかを確かめているリヒト。子供とはぐれた親である魔物がどうして言うことを聞いたんだと、率直な疑問を口にしたヤクモ。三者三様の反応だが、共通しているのは「やっぱり、やらかしてきたんじゃないか」という感想だった。口にはしていないが。

三人の疑問に答えるように、ルークスがえっへんと胸（？）を張っている。愛らしいスライムが褒めてくれと言わんばかりの自信満々な態度を取るのは微笑ましい。思わず和んだ三人だが、ナージャは違ったらしく、調子に乗るなと言いたげに尾でルークスの頭をぺしりと叩いた。即座にアロールに咎《とが》められるが、どこ吹く風である。

そんなルークスの代わりに、悠利が皆にルークスの活躍を説明した。可愛い従魔を自慢したいのだ。

「魔物さんを止めたのも、理由に気付いたのも、説得をしてくれたのも、全部ルーちゃんです！ルーちゃん頑張ったんだもんねー」

「キュピー」

「ほぉ。己より大きな魔物を相手に凌《しの》いだと。流石《さすが》よな、ルークス」

「キュ！」

「相変わらず色々と規格外だなぁ、お前も」

ヤクモとリヒトに頭を撫《な》でて褒められて、ルークスは嬉しそうに鳴く。その瞬間、再びナージャの尾がルークスの頭を叩いた。ツッコミみたいなもので、それほど痛みはないらしくルークスはけろりとしている。勿論《もちろん》アロールからツッコミが入るのだが、基本的に彼女に甘くとも彼女に全面服従ではないナージャはまったく気にしていなかった。

可愛い従魔が褒められているのを見ていた悠利だが、ふと何かに気付いたようにリヒトを見上げた。

「どうした、ユーリ」

「いえ、今、お前もって聞こえたなぁ、と」

「あぁ、そう言った。つまり」

「つまり？」

「主人に良く似て、規格外だなぁ、と」

「僕は別に規格外じゃないんですけど⁉」

「「無理がある」」

「三人揃《そろ》って言うなんてひどいですよ……」

リヒトの言い分に心外だと言いたげに叫んだ悠利だが、三人に揃って却下されてしまった。しかし、この場合正しいのは彼らの方だ。どう考えても悠利に勝ち目はない。この場に他《ほか》の仲間達がいたとしても、悠利の意見は聞き入れられないだろう。自明の理である。

悠利の規格外は、この場合、周囲に何か害があるわけじゃないのが問題なのだ。往々にして、やらかす騒動も悪事ではない。むしろ人助けに分類される。ただし、側《そば》にいる面々の度肝を抜くし、後から話を聞いたアリーが雷を落とすハメになるのだ。ヘタに目立つなという言いつけに、何故かどうしても従えない悠利だった。

なお、当人は普通に生きているつもりである。マイペースにのんびりと生きているつもりだ。それなのに何だかんだと騒動を引き起こしてしまうのは、彼が持って生まれた星回りなのだろうか。

……おかしい。日本にいたときには、別にそんな騒動が起きるわけもなく平凡に生活していたというのに。異世界転移補正で貰《もら》ったチート能力の影響か、本人の性格や価値観と、こちらの世界の相性の問題だろうか。……恐らく後者だろう。

「っていうか、ユーリって出掛ける度に何か騒動起こしてない？」

「そ、そんなこと、ない、よ……？」

「僕の知ってる限り、出掛けたら八割は騒動起こしてリーダーに怒られてるけど」

「……別にわざとじゃないもん」

「わざとじゃないから、怒られてるんじゃないの？」

「……う」

アロールの冷静なツッコミに、悠利は言葉に詰まった。確かにその可能性はある。当人に自覚が欠けているので、心配した保護者のお説教が長くなるのだ。一応危ないことはしないようにと心がけているし、平和主義なので荒事には首を突っ込むつもりはないのだが。何故か騒動を引き起こしてしまうのが悠利クオリティだった。

まったく、とツッコミを続けようとしたアロールは、てしっと足を軽く叩かれて言葉を呑《の》み込んだ。足下を見下ろせば、ルークスがうるうるした瞳《ひとみ》でアロールを見上げている。ご主人を苛《いじ》めないで、という訴えだった。

基本的に悠利の敵や悠利に害為《な》す相手には容赦しないルークスだが、伝えれば解《わか》ってくれる人相手にはお願いだけで終わらせる。これが見知らぬ他人だったり、口で言っても通じない相手だった場合は、物理的にお願いすることになるが。可愛《かわい》い見た目を裏切って、割と攻撃的なスライムである。

そして、アロールはそんなルークスに弱かった。そもそも、魔物使いであるアロールは、敵意を向けてこない魔物に弱いのだ。その上、ルークスは強くて優しくて賢いと解っているし、懐いてくれているのも知っている。そのルークスにお願いされてしまっては、それ以上何も言えなくなるのだった。

なお、そんな主《あるじ》の甘さに、ナージャは呆れたようにシャーと息を吐き出している。それも含めてアロールだと思っているのか、それ以上の行動は起こさなかったが。

「賑《にぎ》やかだと思ったらユーリが戻っていたのか」

静かな低音が聞こえて悠利が振り返れば、口元に淡い微笑を浮かべたブルックが立っていた。お帰り、と告げられた言葉に、悠利は満面の笑みで応《こた》える。

「ブルックさん、ただいま戻りました！」

「海水浴を楽しんできたみたいだな。少し日に焼けたか？」

「あはははー。ちょっとヒリヒリしてます」

まだ赤みの残っている皮膚を示して問われ、悠利は眉《まゆ》を下げて笑った。悠利もあまり黒くなるタイプではないので、赤くなったままなのだ。まだ少し触ると痛かったりするけれど、日常生活に支障があるほどではない。海を楽しんだ結果だと思えば気にならない。

ブルックが手配してくれたワイバーン便がどれだけ助かったか、皆《みんな》がどれだけはしゃいでいたかなどを話す悠利《ゆうり》。その言葉を、ブルックはそうかと穏やかに聞いている。

そんな彼らの耳に、軽快な足音が響いた。タタタタタ！　と軽やかな音をさせて走ってくる金髪美少女の姿が見える。

「ブルックさーん！　戻りました！　ご当地スイーツ買ってきましたよー！」

「でかした、ヘルミーネ」

「早く食べましょう！　準備してあります！」

「解った」

こちらへ向かいながらヘルミーネが叫んだ言葉に、ブルックが動いた。そのまま素早くヘルミーネの前へと移動し、突撃してくる形になった彼女を難なく受け止めてくるりと方向転換させ、二人揃って食堂に向かって早足で移動していく。見事な手際だった。

「……ブルックさん、本当に甘味が好きなんですね」

「動きが速すぎる……」

「スイーツ好きっていう点だけでヘルミーネと解り合ってるよね」

「あの御仁、甘味が絡んだときだけは若干ポンコツ気味であるな」

「「それ禁句」」

しみじみと感想を呟《つぶや》く悠利達。そして、ヤクモは万感を込めて誰もが思っているけれど黙っていた感想を告げた。気持ちは解るけど言わないで、という気分になった悠利達である。頼れるクール剣士様は、甘味が絡んだときだけは色々とポンコツだった。

ポンコツというよりは、甘味への愛が暴走しているという方が正しいのだろうか。美味《おい》しいスイーツで買収されるとか、美味しいスイーツを作ってくれるパティシエさんを守ることに全力を尽くしたりとか、スイーツのためなら色々とねじ曲げても気にしないとか。食べ物の力って凄《すご》いなぁと思う悠利だった。

「そういえば、アロールって泳げるの？」

「泳げるよ」

「それなら何で、あんなに頑《かたく》なに一緒に行くの嫌がってたの？　別に、仕事は他の日に回しても大丈夫だって聞いたけど」

「……」

「アロール？」

悠利の素朴な疑問に、アロールは明後日《あさって》の方向を見た。けれど、答えを求めるように問われて、諦《あきら》めたように口を開いた。

「レオーネさんのあの情熱に付き合わされて水着を選ぶのが嫌だったんだよ」

「……あ」

「僕が行くってなったら、どう考えても女性陣全員で、こう、可愛らしさ全開っていう感じの水着を選ぶだろうし」

「選ぶだろうねぇ……」

その光景が目に浮かんだので、悠利はしみじみと呟いた。

アロールはクールな僕っ娘《こ》で、普段から性別が解らないというか、ユニセックスという感じの服装をしている。ヒラヒラふりふりした可愛らしい恰好《かっこう》が苦手なのだ。ただ、顔立ちは幼いながらも整っているので、女性陣はことあるごとに彼女を着飾ろうとしてくるのである。

それが普通の服ならば、まだ百歩譲って我慢出来たらしい。けれど、水着となると話は別らしい。ただでさえ着飾るのが苦手で、可愛らしいのが苦手なアロールに、可愛らしさ全開の女児向け水着を取りそろえそうな面々しかいなかったので。

「ちなみに、アロールは水着持ってないの？」

「持ってるけど、こう、上下繋《つな》ぎのシャツとズボンみたいな形のやつだから」

「あぁ、遠泳とか素潜りとかに使われそうなやつだ……。見た目より実用性を重視した感じだよね」

「僕はそれで良《い》いと思ってるけど、その水着で海に行くって言ったら煩《うるさ》そうだろう？」

「うん。物凄《ものすご》く大騒ぎして新しい水着を用意しようとするね」

「だから、予定があったのを理由に行くのを止《や》めたんだよ」

「なるほど」

海水浴そのものは嫌いではないアロールなのだが、今回は条件が悪かった。何しろ、現地に向かうメンバーにティファーナやヘルミーネがいるのだ。にこにこ笑顔で可愛らしい水着を薦めてくる上に、アロールが頷《うなず》くまで絶対に解放してくれない感じがある。

アロールがどうして一緒に参加しなかったのかが解った悠利は、しばらく考えてから口を開いた。

「それじゃ、今度は泳がないっていう条件で一緒に行こうよ」

「え？」

「浜辺で遊ぶとかなら、水着じゃなくても大丈夫だろうし」

「何で」

「え？　だって、アロールやナージャさんとも遊びたいから」

満面の笑みで告げた悠利に、アロールは諦めたように溜息《ためいき》をついた。不思議そうに見ている悠利に、苦笑を浮かべながら言葉をかける。

「ユーリって、そういうところ正直だよね」

「うん？」

「まぁ、悪くない提案だから、機会があったら一緒に行くよ。水遊びそのものは嫌いじゃないしね」

「キュピー！」

「勿論、僕が行くならナージャも一緒だよ。思う存分遊んでもらえば良いんじゃない？」

「キュイ！」

「わぁ、良かったねぇ、ルーちゃん！」

悪戯《いたずら》を思いついたような笑顔でアロールが告げた言葉に、ルークスは嬉《うれ》しそうに飛び跳ねた。大好きな先輩と一緒に遊べる！　みたいな感じなのだろう。

楽しそうに盛り上がる二人と一匹を、大人二人は優しい眼差《まなざ》しで見守っていた。そして、勝手に同行を決定された上にルークスの遊び相手をさせられることになっているナージャは、面倒そうにシャーッと息を吐き出すのだった。

たまにはこうやって休暇として皆で出掛けるのも楽しくて良いなぁと思った悠利なのでした。遊ぶときは盛大に遊ぶのが嗜《たしな》みです。

特別編　悠利《ゆうり》の夏休み

「いーい？　今日はユーリはお休みなんだから、家事やっちゃダメなのよ？」

「そんな何度も念押ししなくても解ってるってば、ヘルミーネ」

「解ってないから言ってるんじゃないの！　イレイス、ちゃんと連れて行ってね？」

「はい、お任せください、ヘルミーネさん」

頑是ない幼子を相手にするかのように、ヘルミーネがぷんすか怒りながら悠利に言葉をかけている。悠利のちまちまとした反論も、彼女は一切意に介さない。その代わりのように、悠利の隣で身支度を整えていたイレイシアに、念押しをするのだった。

ヘルミーネに悠利のことを頼まれたイレイシアは、いつもの穏やかな微笑《ほほえ》みに確かな信念を滲《にじ》ませて、こくりと頷いている。何やらやる気に満ちている彼女の隣で、悠利はぼそりと小さな声でぼやいた。

「……僕、別に一人で行けるのに……」

「放《ほう》っておいたらあっちこっちで仕事しそうだからダメ」

「むう……」

大真面目《おおまじめ》な顔で言われてしまい、口をつぐむしか出来ない悠利だった。確かに、アジトにいるとふらふらと家事をやってしまいそうになるが。悠利にとって家事は仕事でありつつ趣味なので。

「ほらほら、さっさと行ってきなさーい！　私とは後で合流だからねー！」

「はーい」

「行って参ります」

ヘルミーネに背中を押され、悠利はイレイシアと共にアジトの玄関を出た。勿論《もちろん》、悠利の護衛役のルークスは悠利の足下をキープしている。

そして彼らが向かったのは、香水屋《七色の雫《しずく》》。レオポルドが調香師兼店長を務めているお店だ。悠利もちょくちょく遊びに来る。

「レオーネさーん、おはようございますー」

「お邪魔いたします」

「はぁい、いらっしゃい、二人とも。待ってたわぁ」

本日も麗しの美貌《びぼう》に素敵な笑顔を浮かべて、二人を出迎えてくれるレオポルド。本日の悠利の予定一つ目は、イレイシアと共にレオポルドの許《もと》を訪れることだった。

……そう、今日は悠利に与えられた休みなのだが、何も予定がないままに休みを与えても気付いたら家事をしているだろうという判断から、周りがスケジュールをお膳立《ぜんだ》てすることになったのだ。なので、今日は皆が交代で悠利と一日を過ごすことになっている。

「ユーリちゃんにオススメの商品があるのよー」

「何ですか？　新作の香水ですか？」

「気分を落ち着かせる香りのアロマオイルよ」

そう言って笑顔でレオポルドが取りだしたのは、小瓶に入った液体だった。小瓶は装飾のないシンプルな作りだし、中の液体も色のない透明なもの。ちゃぷんと揺れるそれを、悠利は不思議そうに見つめた。

「気分を落ち着かせる香り、ですか？」

「ええ。眠る前とかに使っても良いと思うわ」

「へー……。あ、本当だ。森の香りみたい」

「素敵な香りですわね」

かぱりと小瓶の蓋《ふた》を開けて香りを確かめて、悠利とイレイシアは顔を輝かせた。小瓶からふわりと香るのは、悠利が口にしたように森の香りだ。優しい木々の香りを詰めこんだような匂《にお》いで、気持ちを落ち着かせてくれる。

嬉しそうにきゃっきゃと盛り上がる悠利とイレイシアを見つめて、レオポルドは楽しそうに笑っている。喜んでもらえて嬉しいという顔だった。

「キュキュー？」

「あら、ルークスちゃんにはちょっと解《わか》らないかしらぁ？」

「キュー？」

スライムのルークスにはイマイチ良さが解らなかったらしい。それでも、悠利が喜んでいるのを見るだけで嬉しいのか、ぴょんぴょんと飛び跳ねている。

「レオーネさん、これってどうやって使えば良いんですか？　何か専門の道具とか必要ですか？」

「道具があればそれを使うのも良いけれど、家にあるもので簡単に使えるわよ」

「家にあるもので？」

悠利が首を傾《かし》げるのは、家でアロマオイルを使っていたときはそれ用の道具を用いていたからだ。だから道具が必要かと思ったので、レオポルドの発言に首を傾げているのだ。なお、所有者は悠利ではなく母や姉である。

そんな悠利に向けて、レオポルドはウインクをして教えてくれた。

「コップにお湯を張って、そこにオイルを数滴落とすだけでも十分よ。自分の部屋とかなら、それで問題ないわ」

「わぁ、それは簡単ですね。じゃあ、帰ったら早速使ってみます」

「ええ。こういうのも使って、ちゃんと休息を取らなきゃダメよ」

「……アレ？　何か僕、今地味にお説教されてる感じですか？」

「貴方《あなた》は基本的に働き過ぎなのよぉ。自覚しなさい」

「えーっと、……解りました？」

「疑問符《ハテナマーク》を付けないの」

自覚があまりないが、とりあえず返事はする悠利。しかし、語尾に疑問符が付いているのでちゃんと理解していないのはバレバレである。困った子ねぇと呟《つぶや》くレオポルドに、イレイシアも同調するのだった。

「それじゃ、代金を」

「あら、それはあたくしからの贈り物よ？」

「え？」

「いつも頑張ってるユーリちゃんに、ね？」

「いいんですか？」

「使い心地を教えてちょうだいな。使用者の意見は何よりも貴重なのよ」

「はい！　ありがとうございます」

手にした小瓶を大事そうに抱えて、悠利はレオポルドにお礼を言った。サプライズの贈り物はとても嬉しい。そして、それを悠利のために選んでくれたという気持ちが何より嬉しいのだ。

その後、新作の香水やハンドクリームの説明を聞きながら楽しい時間を過ごす悠利とイレイシア。三人中二人が性別男という現実を無視してしまえば、実に微笑ましい状況である。

「失礼、邪魔をする」

「あーら、もうそんな時間かしらぁ？　いらっしゃい」

「アレ？　ヤクモさん？」

「お待ちしておりましたわ、ヤクモさん」

扉を潜《くぐ》って現れたのは、ヤクモだった。香水屋を訪れるような人物ではないので、何故《なぜ》だろうと首を傾げている悠利の隣で、レオポルドとイレイシアは彼を歓迎していた。まるで、彼が来るのを知っていたように。

「ユーリ、わたくしの時間はここまでですわ」

「え？」

「次の担当は我《われ》だ。行こうか、ユーリ」

「あ、はい。よろしくお願いします」

誘うように手招きされて、小走りに駆け寄る悠利。ぴょんぴょんと跳ねてルークスもそれに続く。ヤクモの隣に立った悠利は、イレイシアとレオポルドに向けてぺこりと頭を下げた。

「イレイス、レオーネさん、ありがとうございました」

「わたくしは何も。他《ほか》の予定も楽しんでくださいね、ユーリ」

「また遊びに来てちょうだいね、ユーリちゃん」

「はい！」

元気よく挨拶《あいさつ》をして、悠利はヤクモとルークスと共に店の外へと出る。先導はヤクモだ。なお、悠利は行き先を一切知らない。

「ヤクモさん、どこに向かっているんですか？」

「この先に、良《い》い革細工の店があるのだ」

「あ、そのお店知ってます。以前、クーレと一緒に行ったことがあります」

「それは話が早い。あの店の革細工は仕立ても良いが、種類も豊富でな。見るだけでも楽しめよう」

「そうですね」

向かう先が解った悠利は、何が置いてあるかなーとうきうきで歩く。革細工の店は普段出掛けないので、楽しみなのだ。

「いらっしゃいませ」

「好きに見る故、気遣いは無用だ。何かあればこちらから声をかけよう」

「承知しました。ごゆっくり」

店に入るなり接客をしようと近寄ってきた店員に、悠利が何か言うより早くヤクモが声をかける。店員は心得たもので一礼して去っていった。

おかげでゆっくりと商品が見られるので、悠利はヤクモにぺこりと頭を下げた。その足下で、ルークスも同じようにぺこりとお辞儀をしている。悠利の真似《まね》をしているらしい。

店内の革細工は多種多様で、実用的なものもあれば装飾的なものもある。普段じっくり見ないので、悠利にはどれもこれも新鮮だった。

「革細工は長い年月をかけて使い込むことで良さが出るものだ」

「あ、聞いたことあります。使い込んでると、革が柔らかくなったり、日に焼けて色が変わったりするんですよね？」

「その通り。ユーリも何か気に入るものがあれば購入してみてはどうか？」

「そうですねー。何かあるかなー」

「この店は質が良いだけでなく、値段も良心的だ。革細工を買うならばこの店を薦めておこう」

「はい、解りました」

年長者らしいアドバイスを受けて、悠利はふむふむと店内をぐるりと見渡した。基本的に王都から出ることのない悠利には、日用品以外で必要になるものはあまりない。戦闘メンバー達ならば何だかんだで装備品を見繕うのだろうが、悠利にはそういうことがない。

うろうろと店内を見て回っていた悠利は、ふと一つの棚の前で足を止めた。そこに並んでいるのは鞄《かばん》だ。革で作られた鞄が大小様々に取りそろえられている。

「鞄かぁ」

「キュ？」

「あぁ、ちょっとぶらりと出掛けるとき用に、小さな鞄があっても良いなぁと思ったんだよ」

「キュー？」

不思議そうに悠利を見上げるルークス。悠利の発言に、これはー？　と言いたげに今日も悠利が持っている学生鞄をつんつんと触る。確かに悠利愛用の学生鞄は魔法鞄《マジックバッグ》になっていてとても便利だ。けれども、そこそこの大きさなのが玉に瑕《きず》である。

なので、悠利が今見ているのは小さな鞄だ。財布とハンカチが入る大きさで、身動きしやすいように肩掛けが出来る方が望ましい。もしくは、ウエストポーチのように装着出来るものか。

どれにしようかと見ていると、ひょいと背後から伸びてきた腕が一つの鞄を手にした。悠利が見上げるとそこにはヤクモがいて、手にしたポーチを示す。

「財布を入れるだけであれば、この鞄はどうであろうか？　ベルトやズボンに装着出来るように作られている故、邪魔にもなるまい」

「わぁ、便利そうですね。使いやすそうな形だし。色も綺麗《きれい》ですね」

「この革は、日に焼けると色が濃く鮮やかになる。使い方で色味が変わる故、ユーリだけの鞄になろう」

「それは魅力的ですね。これにします」

財布とハンカチが入る程度の小さなウエストポーチ。革の色味は淡く白に近い茶色だ。これが使い込めば使い込むほどに、革は日に焼けて濃い色になり、固い革は柔らかくなる。大切に使えば応《こた》えてくれる製品なのだ。

うきうきと購入に向かう悠利を見送って、ルークスは不思議そうにヤクモを見上げる。ご主人は何があんなに嬉《うれ》しいの？　とでも言いたげだ。そんなルークスの頭をぽすぽすと撫《な》でて、ヤクモは笑う。

「気に入った商品を見つけた故、嬉しかったのであろうよ。それに、あの鞄であれば両手があく。……そうなれば、そなたを抱えることも出来よう」

「キュ！」

「いつもの鞄では、少々邪魔になるのであろうよ」

「キュキュー」

ヤクモが付け加えた説明に、ルークスはぱぁっと瞳《ひとみ》を輝かせた。大好きな主人が、自分のことを考えていてくれたことが嬉しいのだ。

なので、買い物を終えて戻ってきた悠利の足に、ルークスはすり寄る。突然の行動にきょとんとしている悠利に、ヤクモは楽しそうに笑うだけだった。主従のやりとりが微笑《ほほえ》ましかったのだ。

買い物を終えたので店の外へ出ると、悠利《ゆうり》はヤクモに連れられて別の店へ移動する。辿《たど》り着《つ》いたのは大衆食堂《木漏れ日亭《こもれびてい》》だった。

「ヤクモさん？」

「我の担当はここまでだ。さ、昼食は彼女達と楽しむが良い」

「彼女達？」

誰《だれ》のことだろうと首を傾げた悠利は、店内に入ってヤクモの言葉の意味を理解した。そこにいたのは、ティファーナとフラウとリヒトの三人だ。ひらひらと手を振る看板娘シーラの姿も見える。

「では、後は頼む」

「はい、任されました。さぁユーリ、お昼にしましょう」

「あ、はい。あの、ヤクモさん、ありがとうございました」

「たまにはあのような気晴らしも良いであろう？」

「はい」

ぺこりと頭を下げた悠利に笑顔を残して、ヤクモは去っていった。どうやら彼は別の場所で昼食を取るらしい。シーラの案内で奥のテーブルに座る。勿論《もちろん》、ティファーナ達も一緒だ。

「えーっと、注文は」

「ユーリ」

「はい、何ですか、ティファーナさん？」

「食べたいものを全《すべ》て頼んで大丈夫ですよ」

「え？」

にこやかな笑顔で告げられた言葉に、悠利はきょとんとした。店主であるダレイオスの料理はどれもこれも美味しくて、ついつい目移りしてしまう。何を頼もうか悩んでいたのだが、それを見透かしたような言葉だった。

とはいえ、悠利の胃袋はそれほど大きくはない。一人前を食べるだけで精一杯だ。なので、意味が解《わか》らずに首を傾げる。……なお、悠利の隣に座ったルークスも、同じ仕草をしていた。

そんな悠利に、ティファーナは笑みを浮かべて自分の両脇《りょうわき》に控える二人を示した。

「問題ありません、ユーリ。そのためにこの二人を連れてきていますから。悠利は欲しいものを欲しいだけ食べて構いませんよ」

「それって……」

「心配いらないぞ、ユーリ。フラウもいるからな」

「あぁ、安心しろ。私はユーリよりは食べる」

「ありがとうございます！」

力強く請け負ってくれるリヒトとフラウに、悠利は満面の笑みを浮かべた。何を食べようかとうきうきしながらメニューと睨《にら》めっこをする悠利。そんな悠利の注文が決まるのを待ちながら、大人三人はのんびりと雑談をしている。

「あら、貴方は男性陣と張るぐらいには食べますでしょう？」

「ティファーナは少し食が細いと思うのだが」

「まぁ、私は必要量は摂取していますよ」

「確かにフラウはよく食べる方かもしれないが、運動量を考えれば丁度良いんじゃないか？　ティファーナも同じことだろう」

「うふふ、リヒトはいつも優しいですね」

「そうか？」

「優しすぎるのが心配になるがな。貧乏くじを引いていそうだ」

「……止《や》めてくれ」

女性二人に本気で心配されて、がっくりと肩を落とすリヒト。確かに彼はお人好《ひとよ》しとか苦労性とか貧乏くじとかいう言葉がよく似合う。本人も色々と否定出来なかった。

三人が雑談している間にしれっと注文を終えた悠利は、料理が届くのをわくわくしながら待っていた。

「そういえば、悠利は午前中は何をしていたんだ？」

「イレイスとレオーネさんの店に行って、ヤクモさんと革細工の店に行きました」

「あぁ、あの革細工の店か。質が良いから長持ちするんだ。俺達も良く行くよ」

「この鞄を買ったんですー。今度から、荷物のいらない買い物のときに使おうと思って」

「良い買い物が出来て良かったな」

「はい」

学生鞄から取りだしたウエストポーチを見せて、にこにこ笑う悠利。嬉しそうな悠利の隣で、ご機嫌のルークス。そんな一人と一匹を見て、大人三人は顔を綻《ほころ》ばせた。

そうこうしている間に次々と料理が届く。アレコレ勝手に頼んだので心配そうにリヒトとフラウを見る悠利だが、二人は力強く頷《うなず》いてくれた。この程度なら問題ないと言いたげだ。

「それじゃ、いただきまーす！」

「「いただきます」」

元気よく挨拶をして、悠利は小鉢を手に取る。皆《みんな》でシェアすることをあらかじめ伝えられていたのか、頼んでいないのに取り皿や小鉢を多めに用意してくれたシーラ。看板娘さんは準備に抜かりがない。

悠利がうきうきと手を伸ばしたのは、とろっとろの玉子が美味《おい》しそうな親子丼《どん》だ。玉子の半熟具合が抜群なのである。取り分け用の大きなスプーンで小鉢に取り分けて、ご機嫌だ。スプーンに掬《すく》って口に運ぶ。瞬間、悠利の顔がへにゃりと緩んだ。

「んー！　美味しいー」

甘辛い出汁《だし》で煮込まれた肉は軟らかな触感でありながら噛《か》み応えがあるし、シャキシャキとした食感を残したタマネギが良いアクセントだ。玉子は出汁を吸ってふわふわとした軟らかさで、そうでありながらとろりとした半熟の食感が抜群だ。そして、それら全てを包み込むようなご飯が完璧《かんぺき》な調和を生み出していた。

次に手を伸ばしたのはよく煮込まれたブラウンシチュー。具材として使われる肉は日替わりで、もっと極端に言えば元冒険者であるダレイオスが狩ってきた肉が入ることが多い。今日はシンプル

にバイソン肉らしいので、味わいはビーフシチューに良く似ている。

「お肉がホロホロで美味しい……」

「ええ、この軟らかさを出すために、弱火でじっくり煮込んでいるそうですよ」

「お肉が軟らかくなるまで煮込むの、大変なんですよねー」

「ユーリが言うと説得力がありますね」

「ふぁい？」

楽しげに笑うティファーナに、何で？　と言いたげに首を傾《かし》げる悠利。普段から料理に情熱を燃やしている悠利を見ているので、その彼が大変だというなら本当に大変なのだなと思うのだ。

基本的に悠利が食べるのを優先させているが、元々そこまで食欲旺盛《おうせい》ではないのを知っているので、リヒトとフラウは黙々と満遍なく全ての料理に手を出していた。悠利がまだ食べていないものは控えめに。悠利が食べた物はそれなりにしっかりと。処理班として静かに仕事をしてくれていた。

「ルーちゃん、野菜炒《いた》め美味しい？」

「キュイキュイ！」

「シンプルな味付けだけど、火加減が抜群だもんね」

「キュピー」

悠利の隣で黙々と野菜炒めを食べていたルークスは、美味しいと言いたげに力一杯身体《からだ》を上下に揺らした。なお、ルークスが喜んでいるのは、野菜炒めが美味しいことだけでなく、悠利の隣で食事をするのが許されているからだ。

別に、ルークスが一緒に食事をするのを嫌がる面々はいない。けれど、ルークスの中で暗黙の了解として、悠利と一緒のテーブルで食事をするのは特別なときとなっているのだ。例えば悠利が一人で食事をしているときとか、何かのイベントのときとか。

なので、今日は当たり前のように悠利の隣に席を用意されていたので、最初から物凄《ものすご》くご機嫌だったのだ。割とお手軽な従魔である。

「ユーリ、デザートは食べないでくださいね」

「え？　どうしてですか？」

「そちらはそちらの担当がいるからだ」

「担当……？　あ、ヘルミーネですね」

ティファーナの言葉に、悠利はぽかんとした。皆がいるならデザートを食べる余裕を胃袋に残しておけるのにと思ったのだ。そんな悠利に、フラウは楽しそうに笑いながら告げる。

二人の言葉の意味を悠利はほんの少し考えて、すぐに破顔した。アジトを出る前にヘルミーネが言っていた言葉を思い出したからだ。

ヘルミーネの担当と言うのならば、行く先は大食堂《食の楽園》になるだろう。パティシエのルシアが作る美味しいスイーツを堪能《たんのう》させてくれるのだろうと理解して、考えただけで幸せな気持ちになる悠利だった。

「あ、でもルシアさんのところに行くなら、お腹《なか》あけておかないと……」

「ヘルミーネの担当はおやつの時間だと言っていましたから、今はちゃんと食べて大丈夫ですよ」

「解りました。じゃあ、どんどん食べまーす！」

「ええ、たくさん召し上がれ」

微笑みを浮かべるティファーナに、悠利も満面の笑みを浮かべるのだった。次から次へと届く料理を、食べたい量だけ食べられるという夢みたいな状況に、悠利は本気で喜んでいた。美味しいものを色々食べられるというのは、うきうきするものだ。

そんな風に楽しい食事を終えた悠利は、支払いは自分達がするという大人三人の言葉に甘えてご馳走《ちそう》になった。腹八分目をちょっと越えたぐらいになっているお腹をさすりつつ外に出ると、見慣れた二人組が立っていた。

「よぉ、待ってたぜ、ユーリ」

「ユーリ、ご飯美味しかったー？」

「クーレにレレイ？　次は二人なの？」

「そうだよー！」

にぱっと晴れやかな笑顔を浮かべるレレイと、片手を上げて挨拶《あいさつ》をするクーレッシュ。普段から接することが多い気心知れた二人の登場に、悠利はぱぁっと顔を輝かせた。

勿論、他《ほか》の仲間達と過ごす時間も楽しかった。皆の気遣いも嬉《うれ》しい。けれど、悠利が一番気を遣わずに一緒にいられるのはクーレッシュとレレイの二人だ。年齢が近いことと性格の相性が良《い》いのだろう。二人の前では、悠利は特に自然体でいられる。

自分もいるよー！　と言いたげにルークスがぴょーんと跳ねて自己主張をする。いえーいとレレイがハイタッチをするように両手を出すと、真似《まね》をするように身体の一部を両手のように伸ばしてぺしんと合わせる。楽しそうな一人と一匹の姿に、支払いを終えて出てきた大人達は声を立てて笑った。

「ティファーナさん、リヒトさん、フラウさん、お疲れ様です。ここからは俺とレレイが引き継ぎます」

「えぇ、後はよろしくお願いしますね」

「せっかくの休暇だから、ちゃんと遊ばせてやってくれ」

「持ち時間は限られているが、楽しんでこい」

「はい、解ってます」

「解ってまーす！」

無事に引き継ぎを終えてクーレッシュとレレイが返事をすると、大人三人は笑顔を残して去っていく。大人三人と隣の友人二人のやりとりを反芻《はんすう》した悠利は、首を傾げながら呟《つぶや》いた。

「何か、皆で僕が休まないって言ってる気がする」

「事実じゃん」

「休まないだろ、お前」

「えー。休むよー。疲れたら休憩するし、いつもいつも仕事してるわけじゃないもん」

「いや、お前の場合、趣味と称して家事するからな。それは休んでるに入らない」

「うぐ……」

不満そうだった悠利《ゆうり》だが、クーレッシュに淡々と事実を指摘されて大人しく黙った。どう考えてもクーレッシュの言い分が正しい。ただ、悠利にとって家事は趣味なので、遊んでいる感じなのだ。好きなことをしているだけなのだ。

とはいえ、趣味だろうが何だろうが家事を続けていれば疲れてしまう。適度に休めと皆が口を酸っぱくして言うのはそのせいだ。過去に過労で倒れたことがあるので余計に。それもあいまって、今日は皆が悠利を休ませよう、楽しませようとして色々考えてくれているのだ。

「ところで、二人は何の担当なの？」

「ぶらり歩き」

「え？」

「色んなお店を冷やかす感じ」

「ええ？」

悠利が素朴な疑問を口にすると、クーレッシュとレレイはあっさりと答えた。答えてくれたが、イマイチ意味が解らない悠利。そんな悠利に、クーレッシュは追加の説明をくれた。

「何か目的があってうろうろするのも良いけど、何も考えずに店を巡るのも楽しいだろ？　食べ歩きとか含めて。だから、俺らはそういう感じで、お前と一緒に王都をうろうろするのが担当」

「なるほど。でも、お昼食べたところだから食べ歩きはちょっと」

さすさすとお腹をさする悠利。色々食べてきたので、魅力的な食べ物があっても食べられない。それに、ヘルミーネの順番までにお腹を減らしておかなければならないし。

そんな悠利の肩を、レレイがぽんと叩《たた》いた。振り返った悠利が見たのは、ドヤ顔をしているレレイ。ドヤ顔でも愛嬌《あいきょう》があるのは彼女の持ち味だろう。

「大丈夫。あたしが全部食べてあげるから。ユーリは一口食べるだけでも良いよ」

「レレイ」

「任せて！　あたし、食べるのは得意だからね！」

「ユーリ、こいつの戯言《たわごと》は無視して良いぞ。行こうぜ」

「そうだねー」

「二人ともひどい！」

すたすたと歩き出す悠利とクーレッシュに、レレイが声を上げる。だが、小走りに駆け寄る彼女の表情は明るい。こんなやりとりも日常で、お互いに気を許しているからこそ出来ることなのだ。

「それじゃ、休暇を満喫しようぜ」

「予定がてんこ盛りで驚いてるけどね」

「まだまだあるから、今は休憩みたいなもんだと思っておけよ」

「了解」

今日はまだ長い。これからまだ半日、皆が考えた予定が悠利を待っている。どんな休暇になるんだろうと、わくわくする悠利。そんな悠利を見て、クーレッシュとレレイも笑みを浮かべるのだった。

かくして、悠利の長い長い一日は、まだまだ続くのでした。

あとがき

この度は本書をお買い上げいただき、誠にありがとうございます。作者の港瀬《みなとせ》つかさです。

遂に、「最強の鑑定士」シリーズも十巻という大台に乗りました。十巻！　シリーズでの刊行が二桁《ふたけた》という私にとっては快挙です！　いやもう、正直なことを言うと、本当にそんなに続いてたのか……？　みたいな気持ちでいっぱいです。現実が異次元のようだなと思ってます。

十巻という記念すべき巻数に到達したからといって、作品の中身は何一つ変わっていません。なので、相変わらずのゆるゆるとした日常を過ごす悠利《ゆうり》達がいます。そこは一巻から一切変わってないなぁと思う作者ですが、それが持ち味かと思います。多分。

そして、何とこの十巻の発売日で、作家三周年を迎えることになりました。初めて打診をいただいたときはここまで来られると思っていなかったのですが、皆様のおかげでこうして作家生活三周年、そして四年目に突入することが出来ました。ありがとうございます。これからも頑張ります。

さて、今回は作中季節が夏なのでそれを満喫させるべきでは？　ということで、皆《みんな》に海へと出かけてもらっています。美味しい海の幸と楽しい海水浴を満喫する悠利達を楽しんでもらえればと思います。海の近くの海産物は新鮮で美味しいですしね！

あと、女性陣の水着姿が大変美しいので、是非とも堪能してください。普段は武装してたりとガードの堅い方が多いですが、美女美少女取りそろえておりますからね。目の保養です。眼福です。

今回もシソさんのイラストは素晴らしいのです。

登場人物の数があれよあれよという間に増えていく作品なので、どうしても出番に偏りが出てしまいます。でも、喋《しゃべ》っている子達の背後で他の子達も色々と動いているのだと察してもらえれば嬉《うれ》しいです。どのキャラも目一杯活躍させてあげたいのですが、なかなかに難しいですね……。

また、不二原理夏《ふじわらりか》先生によるコミカライズ版も、コミックス四巻が発売中です。コミックス四巻収録分で原作小説二巻までの内容が終わったことになりますね。原作とはまた違う雰囲気の悠利達を楽しんでもらえれば幸いです。美味しいご飯と可愛い皆がわちゃわちゃしている姿は、コミカライズ版の方が解りやすいですしね！　いつもファン一号としてうきうき読んでる原作者です。

今回も、何だかんだと関係各所にご迷惑をおかけするダメダメな作家でした。締め切りは何故すぐに背後に迫るのでしょうか。余裕を持って仕事が出来るようになりたいです。あと、頭の中では煩《うるさ》いのに、なかなか文字に書き起こさせてくれないうちの子達にも、もうちょっと空気を読んでと言いたいですね。はい。

そんなわけで、多大なるご迷惑をかけまくった担当編集さんを始め、シソさん、校正さん、デザイナーさんなど、本書の発行にお力添えをいただきました皆様に、この場で感謝を述べたいと思います。いつも本当にありがとうございます。おかげさまで無事に本が出来上がってます。

それでは、今回はこの辺で失礼いたします。ご縁がありましたら次巻でお会い出来ますように。

この度は、本書をお買い上げいただき、本当に、本当にありがとうございました！

お便りはこちらまで

〒102－8078
カドカワBOOKS編集部　気付
港瀬つかさ（様）宛
シソ（様）宛

カドカワBOOKS

最強《さいきょう》の鑑定士《かんていし》って誰《だれ》のこと？ 10
～満腹《まんぷく》ごはんで異世界生活《いせかいせいかつ》～

2020年７月10日　初版発行

著者／港瀬《みなとせ》つかさ

発行者／青柳昌行

発行／株式会社KADOKAWA

〒102-8177
東京都千代田区富士見2-13-3
電話／0570-002-301（ナビダイヤル）

編集／カドカワBOOKS編集部

印刷所／旭印刷

製本所／本間製本

●お問い合わせ
https://www.kadokawa.co.jp/（「お問い合わせ」へお進みください）
※内容によっては、お答えできない場合があります。
※サポートは日本国内のみとさせていただきます。
※Japanese text only

Printed in Japan
ISBN 978-4-04-073697-6 C0093

新文芸宣言

かつて「知」と「美」は特権階級の所有物でした。

15世紀、グーテンベルクが発明した活版印刷技術は、特権階級から「知」と「美」を解放し、ルネサンスや宗教改革を導きました。市民革命や産業革命も、大衆に「知」と「美」が広まらなければ起こりえませんでした。人間は、本を読むことにより、自由と平等を獲得していったのです。

21世紀、インターネット技術により、第二の「知」と「美」の解放が起こりました。一部の選ばれた才能を持つ者だけが文章や絵、映像を発表できる時代は終わり、誰もがネット上で自己表現を出来る時代がやってきました。

UGC（ユーザージェネレイテッドコンテンツ）の波は、今世界を席巻しています。UGCから生まれた小説は、一般大衆からの批評を取り込みながら内容を充実させて行きます。受け手と送り手の情報の交換によって、UGCは量的な評価を獲得し、爆発的にその数を増やしているのです。

こうしたUGCから生まれた小説群を、私たちは「新文芸」と名付けました。

新文芸は、インターネットによる新しい「知」と「美」の形です。

2015年10月10日
井上伸一郎